Der Weihnachtsmann und ich

Unverkäufliches Leseexemplar.

Erstverkaufstag 3. September 2019.

Jana Hensel

Der Weihnachtsmann und ich

edition chrismon

Bibliografische Information der Deutschen Nationalbibliothek: Die Deutsche Nationalbibliothek verzeichnet diese Publikation in der Deutschen Nationalbibliografie; detaillierte bibliografische Daten sind im Internet über http://dnb.d-nb.de abrufbar.

Das Buch wurde auf alterungsbeständigem Papier gedruckt.

Covergestaltung: Anja Haß, Leipzig
Coverillustration: Orlando Hoetzel, Berlin
Satz: makena plangrafik, Leipzig
Druck und Bindung: BELTZ Bad Langensalza GmbH

ISBN 978-3-96038-207-2
www.eva-leipzig.de

1

Er versuchte mich zu küssen, aber es gelang ihm nicht. Der Bart störte. Mein Bart, oder besser gesagt, der Bart, den mein Vater immer getragen hatte, wenn er den Weihnachtsmann spielte. Nun hatte ich ihn mir umgebunden und Daniel versuchte, die weißen Flusen, die meinen Mund verdeckten, ein wenig zur Seite zu schieben. Aber der Bart war wie mein Vater: widerspenstig. Außerdem war er schon ziemlich alt und hatte sogar die Wende überlebt. So einen Bart konnte man nicht einfach beiseiteschieben. Nicht einmal ein klein wenig.

Wir standen uns im Flur gegenüber, so wie an fast jedem Morgen, kurz bevor Daniel die Wohnung verließ. Licht fiel aus der Küche bis hinüber in den Durchgang zum Wohnzimmer und ließ Daniels Augen heller erscheinen, als sie eigentlich waren. Es roch noch nach Kaffee und ein bisschen nach den Toastbroten, die er den Kindern immer zum Frühstück machte. Er war schon in Mantel und Schuhen, hatte die Mütze in die eine und seine Handschuhe in die andere Manteltasche gesteckt. Gleich würde es klingeln, weil das Taxi, das er am Abend zuvor bestellt hatte, vor der Tür wartete, um ihn zum Flughafen zu bringen.

Ich mochte Daniels Küsse. Auch die leichten, morgendlichen, manchmal fast flüchtigen, wenn er in Gedanken schon davongeeilt war. Meistens legte er mir dabei eine Hand auf die Schulter, beugte sich etwas zu mir herunter und wartete, bis ich ihm entgegenkam. So war es auch bei unserem ersten Kuss gewesen. Damals hatten wir an der Kreuzung am U-Bahnhof Eberswalder Straße gestanden. Es war schon spät, weit nach Mitternacht. Aber anders als in letzter Zeit, in der die Straßen dort auch gegen zwei oder drei Uhr nachts noch voller Menschen waren, standen wir in jener Nacht allein unter dem grünen Viadukt der U-Bahn-Gleise. Niemand drängte an uns vorbei, kein fremdes Lachen war von irgendwoher zu hören, und auch die Spätis hatten schon längst ihre Lichter ausgemacht. Aber vielleicht sah und hörte ich von alledem im Frühling vor fast fünfzehn Jahren nichts, weil Daniel sich zum ersten Mal etwas zu mir heruntergebeugt hatte und ich ihm mit meinem Mund entgegengekommen war.

Vorher waren wir in einem Club in der Pappelallee gewesen, den es nun schon lange nicht mehr gab, und nachher nannte Daniel die Kreuzung immer Bermudadreieck. Ich wusste bis heute nicht genau, was diese Kreuzung mit dem Bermudadreieck zu tun haben sollte. Dass man von hier aus in ganz unterschiedliche Richtungen gehen konnte? Nirgendwo sonst im Prenzlauer Berg trafen so viele Straßen aufeinander. Dass die Kreuzung so ziemlich genau zwischen Mauerpark, Kollwitz- und Helmholtzplatz lag und die Fläche ein Dreieck ergab? Dass dort so unwahrscheinliche Dinge geschehen konnten wie ein Kuss? Ich hatte ihn nie danach gefragt, und jetzt war sicher nicht der richtige Augenblick, um das nachzuholen. Aber ich nahm es mir vor, für heute Abend, wenn Daniel zurück sein würde. Oder für morgen. Oder für irgendwann, wenn wir wieder einmal so viel Zeit haben würden wie damals, als wir uns kennenlernten.

In jener Nacht ahnte ich nicht, dass wir ein paar Jahre später in eine gemeinsame Wohnung, gar nicht so weit entfernt von dieser Kreuzung, einziehen und uns von da an, Morgen für Morgen mehr oder weniger flüchtig küssen würden. Und dass eines Morgens ein langer weißer Bart zwischen uns sein würde, der meinem Vater gehörte und sich nicht beiseiteschieben ließ. Und weil ich nun schon fast so lange wie beim ersten Mal darauf wartete, dass Daniel mich küssen würde, wollte ich den Bart kurzerhand herunterziehen. Aber Daniel hielt meine Hände fest, trat einen Schritt zurück und sah mich von oben bis unten an.

Erst jetzt schien er zu bemerken, dass ich nicht nur den Bart, sondern auch Jacke und Hose des Weihnachtsmannkostüms meines Vaters trug. „Wenn ich heute im Gericht erzähle, dass ich versucht habe, den Weihnachtsmann zu küssen, werde ich sicher von der Verhandlung ausgeschlossen“, sagte er und lachte. In sein Lachen hinein klingelte es und Daniel ließ meine Hände los. Ich war mir nicht sicher, ob er eine solche Bemerkung wirklich machen würde, und auch nicht, ob ich das, was er gesagt hatte, so lustig fand wie er. Aber vielleicht fingen die Menschen kurz vor Weihnachten an, Dinge zu sagen, die sie selbst lustig fanden und andere nicht. Oder ich hatte über Daniels Scherz nicht lachen können, weil ich im Weihnachtsmannkostüm meines Vaters steckte und mich das mehr irritierte, als ich mir eingestehen wollte.

*

Als die Tür hinter ihm ins Schloss fiel, trat in der Wohnung jene Stille ein, von der ich an fast jedem Morgen aufs Neue überrascht war. Mir schien es, als würde unser Leben von einer Sekunde auf die nächste anderswo hinziehen. Als hätten es die Kinder in ihren Schulranzen mitgenommen. Oder Daniel in seinen kleinen Rollkoffer gepackt, mit dem er kreuz und quer durch Deutschland fuhr. Selbst Paul, der noch keinen Schulranzen hatte, weil er anders als die beiden Großen noch in den Kindergarten ging, sammelte sein kleines Leben jeden Morgen ein und zog kurz nach acht damit in die Welt, um gegen vier wieder aus ihr aufzutauchen und es zurück in die Wohnung zu kippen.

Auch fühlte sich der Moment, in dem alle die Wohnung verlassen hatten, jeden Morgen an, als sei schon ein ganzer Vormittag vergangen. Dabei waren es doch nur zwei Stunden, in denen das immer gleiche Durcheinander herrschte und doch alles wie am Schnürchen lief. Robert wollte zum Frühstück Kakao, Anna wollte auf keinen Fall Kakao und Paul wollte manchmal Kakao und manchmal nicht. Dafür durfte auf seinem Toast auf keinen Fall zu viel Butter sein. Robert vergaß üblicherweise sein Busticket und musste auf halber Treppe noch einmal umkehren. Paul stand noch mit nackten Füßen im Flur, wenn seine Freunde schon vor der Haustür auf ihn warteten. Nur Anna war immer pünktlich fertig, aber zögerte es hinaus loszugehen, weil sie nicht die Erste im Klassenraum sein wollte. Ich liebte meine Familie, aber ich liebte auch den Moment, wenn sie verschwand und aus unserem Leben mein Leben wurde.

Umso mehr bereute ich es jetzt, dass ich mich von Pauls Erzieherin hatte überreden lassen, in diesem Jahr als Weihnachtsmann im Kindergarten aufzutreten. Viel lieber wäre ich durch den langen Flur ins hintere Zimmer der Wohnung gegangen, hätte mich an den Schreibtisch gesetzt und mit der Arbeit begonnen. Der Verlag drängte schon.

Stattdessen ging ich ins Bad. Dort stellte ich mich vor den Spiegel und begann, meine Augenbrauen mit der weißen Schminke zu übermalen, die vom letzten Fasching übrig geblieben war. Sie klebte und klumpte ein bisschen, aber deckte gut. Meine Augenbrauen waren so schwarz wie die meines Vaters, als er noch ein junger Mann gewesen war. Und weil ich befürchtete, dass sie mich verraten könnten, trug ich so lange Farbe auf, bis sie so weiß wurden wie die Augenbrauen meines Vaters mit den Jahren. Ich hatte als Kind dabei zusehen können, wie immer mehr silbrige Strähnen das volle schwarze Haar meines Vaters durchzogen. Schon bei meinem Schulanfang hatte er graue Schläfen. Da musste er um die dreißig gewesen sein. Manche Leute begannen ihn damals für den Vater meiner Mutter zu halten. Und obwohl sie nur drei Jahre jünger war als er, wurde der eigentlich gar nicht so große Altersunterschied mit der Zeit immer deutlicher. Bis heute hat sie das Gesicht eines Mädchens behalten.

Vielleicht aber wollten jene Leute, die behaupteten, mein Vater sähe mit Anfang dreißig sehr viel älter aus, als er tatsächlich war, ihm auch nur eins auswischen, weil nicht sie die Idee mit dem Weihnachtsmann gehabt hatten, sondern er. Ich wusste nicht, warum mein Vater damit angefangen hatte, in unserem Viertel in Leipzig den Weihnachtsmann zu spielen. Aber ganz sicher stahl er einigen damit jedes Jahr die Show. Ich hatte seine Auftritte selbst miterlebt. Ich war sein erstes Publikum gewesen, und später durfte ich ihn auf seiner Tour begleiten. Seither wusste ich, dass zumindest die zweite Behauptung, die ich immer wieder über meinen Vater hörte, nicht stimmte. Es hieß, er hätte keinen Humor. In Wahrheit aber hatte mein Vater nur einen anderen, vielleicht etwas seltsamen Humor.

Als vor ein paar Tagen morgens kurz nach sieben das Telefon klingelte, wusste ich sofort, dass er es war. Es gab keinen anderen Menschen auf der Welt, der mich um diese Uhrzeit anrufen würde. Obwohl er längst aufgehört hatte zu arbeiten, stand er immer noch jeden Morgen halb sechs auf und vertrat die Meinung, dass nichts, aber auch gar nichts dagegen einzuwenden war, eineinhalb Stunden nach dem Aufstehen bei seiner Tochter anzurufen, wenn es etwas Wichtiges zu besprechen gab. Und bevor ich sagen konnte, dass ich später zurückrufen würde, fragte er verschwörerisch: „Ist es angekommen?"

„Ja", sagte ich, „ist es."

„Hast du es schon aufgemacht?"

„Nein", sagte ich, „es ist ja erst kurz nach sieben."

„Aber wie kannst du dann wissen, dass es drin ist?"

„Aber Vati, was soll denn sonst in dem Paket sein, das du mir geschickt hast?"

„Ich weiß nicht", sagte er, „ihr bekommt doch ständig irgendwelche Pakete."

„Das stimmt doch gar nicht", sagte ich.

Doch, doch, meinte er. Er hätte es ja bei seinem letzten Besuch gesehen, wie sich die Pakete in unserem Flur stapelten. Dabei hatte ich ihm schon damals erklärt, dass das nicht unsere Pakete, sondern die der Nachbarn waren. Ich sie also nur angenommen hatte, weil ich offenbar die Einzige in unserem Haus war, die zu Hause arbeitete und dem Postboten die Tür öffnen konnte. Aber er ließ sich nicht davon abbringen, es könnte sich bei dem Paket, das ich am vorangegangenen Abend erhalten hatte, um ein anderes als das von ihm an mich abgeschickte handeln. Ich versprach ihm, gleich nachzusehen, sobald die Kinder in der Schule und im Kindergarten waren. Aber auch das schien ihn nicht zu beruhigen. Beim Auflegen sagte er: „Und vergiss nicht, ein Weihnachtsmann benutzt nie eine Klingel!"

Natürlich war in dem Paket genau das, worum ich meinen Vater gebeten hatte. Sein Weihnachtsmannkostüm. Er hatte es, wie immer, wenn er mir einmal ein Paket schickte, sicherlich an der Poststation in der Hans-Marchwitza-Straße aufgegeben und dabei ein paar Worte mit der Frau oder dem Mann hinter dem Tresen gewechselt. Ein kleines unverbindliches Gespräch, über das Wetter oder eine Baustelle an der nächsten Ecke, wie es seine Art war, um den Dingen nicht einfach ihren Lauf zu lassen. Und wie immer, wenn mein Vater mir ein Paket schickte, war auch dieses rechtzeitig bei mir in Berlin angekommen. Ich hatte, als ich es später auf den Küchentisch stellte und mit der Schere die Klebestreifen aufzuritzen begann, keinerlei Zweifel daran, was in dem Paket sein würde. Ich bezweifelte auch nicht, dass der Anblick des alten Weihnachtsmannkostüms bei mir irgendetwas auslösen könnte. Aber als ich den Deckel des Pappkartons auseinanderklappte und der Inhalt zum Vorschein kam, musste ich für einen Augenblick meine Hand auf den rauen Stoff legen, aus dem meine Mutter das Kostüm einst genäht hatte.

Es kratzte ein wenig auf der Haut, wenn man darüber strich. Das wusste ich noch. Und es hatten sich vom häufigen Tragen Knötchen an den Innenseiten der Ärmel gebildet. Ganz bestimmt war meiner Mutter keine große Auswahl angeboten worden, als sie Ende der siebziger Jahre in Leipzig einen festen roten Stoff hatte kaufen wollen. Sehr wahrscheinlich war es sogar nur dieser eine gewesen, von ganz gewöhnlichem Rot, weder zu hell noch zu dunkel, aber genau richtig für ein Weihnachtsmannkostüm. Ob sie beim Einpacken auch daran gedacht hatte, dass es in der DDR sehr viel weniger solcher Stoffe gegeben hatte als später, dass aber mein Vater in diesem Kostüm auch nach der Wende immer noch aussah, wie ein Weihnachtsmann aussehen musste? Ich wusste es nicht. Wir sprachen nicht oft über dieses Davor und Danach. Es fiel mir, anders als bei meinem Vater, sehr viel schwerer, mir vorzustellen, worüber sie nachdachte und worüber nicht. Aber ich konnte sehen, dass sie es gewesen war, die das Weihnachtsmannkostüm für die Reise nach Berlin eingepackt und dabei die Ärmel der Jacke ineinander verschränkt hatte. Meinem Vater wäre dieses Detail nicht wichtig gewesen. Es sah aus, als hielten sie etwas umfangen, als umarmten sie jemanden.

Vorsichtig nahm ich die Jacke aus dem Karton und legte sie auf den Küchentisch. Darunter fand ich eine kleine silberne Tüte mit der Aufschrift „Exquisit". Jetzt musste ich doch ein bisschen lachen. Denn ausgerechnet den alten Weihnachtsmannbart in eine Plastiktüte zu stecken, die in der DDR für sogenannte Luxuswaren hergestellt worden war, darauf konnte wiederum nur mein Vater kommen. Andererseits hatten meine Eltern die Verpackung offenbar über all die Jahre aufgehoben, um irgendwann noch einmal etwas Besonderes darin verschicken zu können. Etwas, das nicht vergessen werden sollte. Und plötzlich erschienen mir die Befürchtungen meines Vaters gar nicht mehr so unbegründet, es könnte etwas verloren gehen, was nicht verloren gehen darf. Als wäre dieses Paket nicht irgendein Paket, das von einer Stadt in eine andere geschickt wurde, sondern käme aus einem Land, das es nicht mehr gab, und dürfte seine Empfängerin im Hier und Jetzt nicht verfehlen. Aber vielleicht reimte ich mir das auch alles nur zusammen, weil ich selbst das Vergangene immer dann am meisten vermisste, wenn ich spürte, dass ich lange, manchmal zu lange, nicht mehr daran gedacht hatte.

Im Gegensatz zu meinem Vater zeigte sich bei mir sogar mit Anfang vierzig noch kein einziges graues Haar. Lang und dunkel fiel es auf meine Schultern. Über den nun schneeweißen Augenbrauen wirkte der Pony fast schwarz. Ich trat etwas näher an den Spiegel heran, drehte mich ein wenig nach links und ein wenig nach rechts und überlegte, wie ich all die Haare unter die Mütze bekommen sollte, die bei meinem Vater immer leicht wie ein Hütchen auf dem Hinterkopf gethront hatte. Sie war aus demselben roten Filzstoff geschneidert wie Jacke und Hose, um den Rand bauschte sich ein Streifen Watte, und an ihre Spitze hatte meine Mutter eine kleine Bommel genäht. Da meine Haare immer wieder unter ihr hervorrutschten, stopfte ich sie zunächst unter eine dieser Duschhauben, die ich aus einem Hotel mitgenommen hatte, und stülpte erst dann die Mütze darüber. Am Ende stand sie etwas steif, wie die Mütze eines Bischofs, in die Höhe und die Bommel wirkte wie ein Schneeball, den man obenauf gelegt hatte. Aber, so entschied ich mit einem letzten Blick in den Spiegel, das würde den Kindern sicher nichts ausmachen. Sie würden sich über den Weihnachtsmann, den ich heute für sie spielte, genauso freuen, wie sich die Kinder früher über meinen Vater als Weihnachtsmann gefreut hatten. Hauptsache, Paul erkannte mich nicht.

Ich zog ein Paar Stiefel an, die ich nur selten trug, und lief mit schweren Schritten eine Runde durch die Wohnung. Auch der Gang konnte etwas sehr Verräterisches sein. Genauso wie die Hände.

Deshalb nahm ich den schmalen goldenen Ring ab, den Daniel mir einmal geschenkt hatte, und legte ihn auf meinen Schreibtisch neben den Zettel, den ich ganz unten im Paket gefunden hatte. Es war eine lange Liste von Regeln, die ein Weihnachtsmann unbedingt beachten sollte. Mit seiner etwas steilen und dennoch schwungvollen Schrift hatte mein Vater sie für mich aufgeschrieben und als Erstes, vor allen anderen Dingen, in das Paket hineingelegt, weil er offenbar bezweifelte, dass seine Tochter, die seit ihrem letzten gemeinsamen Auftritt durch die ganze Welt gereist und, wie er fand, in der Fremde zu Hause war, sich noch daran erinnern würde. Aber da irrte er sich. Ich erinnerte mich sehr wohl. Doch das konnte er nicht wissen. Das hatte ich ihm nie erzählt.

Wenn man fortgeht, vergisst man nicht. Im Gegenteil. Als mir einmal in New York ein Weihnachtsmann auf der Straße begegnete, schaute ich sofort auf seine Hände. Hatte er den Ring abgenommen? Er hatte Handschuhe an. Vielleicht, weil ihm kalt war. Vielleicht aber auch, weil es jemanden gab, der ihm beigebracht hatte, auf keinen Fall die Handschuhe zu vergessen, wenn er nicht an seinen Händen erkannt werden wollte. Damals hätte ich meinen Vater gern angerufen, um ihm von der Begegnung mit dem anderen Weihnachtsmann zu erzählen, aber er mochte es nicht, wenn ich ihn von weit weg anrief, schon gar nicht zu Weihnachten. Er könne die Entfernung durchs Telefon hören, sagte er immer. Deshalb wusste er nicht, dass all die Dinge, die wir gemeinsam erlebt hatten, mit mir durch die Welt reisten. Ganz sicher brauchte man die kleinen Tricks, die verhinderten, dass man als Weihnachtsmann aufflog, nicht allzu oft. Genau genommen, hatte ich sie in den vergangenen Jahren nicht ein einziges Mal gebraucht. Trotzdem waren sie mir noch so vertraut wie die Schrift meines Vaters. Es war dieselbe Schrift, mit der er früher die Postkarten geschrieben hatte, die er mir ins Ferienlager schickte.

Auch jetzt rief ich ihn nicht an. Obwohl es viel einfacher gewesen wäre als damals in New York. Irgendwann hatte ich angefangen, ihm und meiner Mutter Briefe zu schreiben, weil er so ungern von mir aus der Ferne angerufen wurde. Ob er sie noch aufbewahrte, diese Briefe, so wie ich seine Postkarten? Ich hatte darin von meinem Leben in den fremden Städten erzählt, davon, wo ich arbeitete und was ich in der Zeit nach der Arbeit tat. Wie es sich anfühlte, so weit fort von zu Hause zu sein, erwähnte ich in den Briefen nicht. Denn dann hätte ich von den Menschen schreiben müssen, denen ich begegnete, von denen einige sogar meine Freunde wurden, die aber nichts wussten von unserem Leben in der DDR. Wenn sie mich fragten, wie es war *when the wall came down*, oder wissen wollten, wo ich in der Nacht des Mauerfalls gewesen war, und ich versuchte, es ihnen zu erklären, schauten sie mich ungläubig an. In ihrer Welt hatte es weder eine Mauer noch einen Mauerfall gegeben. Ich befürchtete wohl, mein Vater und meine Mutter könnten es für Heimweh halten, wenn ich das, was ich nach diesen Gesprächen empfand, für sie in Worte gefasst hätte. Und vielleicht hätten sie damit sogar recht gehabt. Aber es war ein Heimweh, das durch eine Heimkehr nicht zu lindern gewesen wäre.

Als ich Daniel kennenlernte, konnte ich aufhören, durch die Welt zu reisen. Von dem Ort, an dem ich aufgewachsen war und an dem meine Eltern immer noch wohnten, hatte ich mich da schon weiter entfernt, als sich in Kilometerzahlen ausdrücken ließe. „Heimat ist ein Raum aus Zeit", hatte ich neulich auf einem Filmplakat gelesen. Nun, da mich der raue, etwas abgetragene Stoff umhüllte, rückten die Erinnerungen an diesen Raum wieder näher. Zum ersten Mal seit Langem.

*

Ein Krankenwagen fuhr mit heulender Sirene über die Danziger Straße, als ich vor unser Haus trat. Wir wohnten in einem Eckhaus, dessen eine Hälfte auf die Seite der großen, belebten Straße zeigte, während die andere, unsere Hälfte, in eine kleine Nebenstraße führte. Gewöhnlich nahm ich den Weg durch die Danziger Straße zum Kindergarten. Ich mochte die breiten Gehwege. Dicht an dicht reihten sich Kioske, Friseursalons und Imbisse und verbreiteten eine etwas raue, flüchtige Atmosphäre. Wenn ich den ganzen Tag allein am Schreibtisch gearbeitet hatte, tauchte ich gern in die Menschenmenge ein, die hier zu jeder Tageszeit unterwegs war. Jetzt aber wollte ich am liebsten niemandem begegnen.

Ich hatte mich an meine Verkleidung zwar schon fast gewöhnt, aber das hieß ja nicht, dass es den Menschen, die an mir vorübergehen würden, genauso ging. Ganz bestimmt würde ein Weihnachtsmann auf einer großen Berliner Straße einiges Aufsehen erregen. Zumal eine Woche vor Heiligabend. Die Menschen liebten Weihnachtsmänner. Andererseits neigten sie dazu, sich über sie lustig zu machen. Mein Vater hatte immer eine Antwort parat gehabt, wenn ihm Scherze zugerufen worden waren. Mir aber fehlte die Übung.

Ich blieb noch einen Moment vor der Tür unseres Hauses stehen und atmete tief ein und aus. Der Bart hob und senkte sich jedes Mal ein wenig. Und vor meinem Mund bildeten sich kleine Wölkchen, die hinauf in den grauen Winterhimmel stiegen. Der Himmel hat heute geschlossen, sagte Paul immer, wenn kein einziger Sonnenstrahl durch die Wolkendecke drang. Sicher wartete er schon. Genau wie die anderen Kinder. Nicht um mit mir Scherze zu treiben, so etwas käme Kindern nicht in den Sinn, sondern um sich von mir überraschen zu lassen. Noch einmal holte ich tief

Luft, dann machte ich einen großen Schritt nach vorn, so als würde ich auf eine Bühne steigen, und lief mit dem schweren Gang, den ich in der Wohnung geübt hatte, unsere Straße hinunter.

Am späten Vormittag war hier kaum etwas los. Die wenigen Geschäfte hatten noch geschlossen, und die Geräusche, die mich gerade noch umgeben hatten, verloren sich allmählich im Hintergrund. An der nächsten Ecke bog ich rechts ab auf die Sredzkistraße, und nach einigen Metern auf dieser ebenfalls ruhigen, aber etwas gediegeneren Straße kamen mir zwei junge Frauen mit ihren Kinderwagen entgegen. Ich nickte leicht mit dem Kopf und grüßte in die Richtung ihrer offenbar schlafenden Babys. Eine der Frauen hatte beim Näherkommen ihr Telefon herausgeholt und ein Foto von mir gemacht. Ich blieb kurz stehen und drohte ihr scherzhaft mit dem Zeigefinder. Sie lachte hell auf. Dann liefen beide plaudernd an mir vorbei.

Neben uns auf der Straße hatte währenddessen ein Transporter von UPS gehalten, und als der Fahrer mich sah, tat er so, als würde er mir das Päckchen, das er gerade aus dem Frachtraum geholt hatte, zuwerfen wollen. Natürlich schnellten meine Hände unwillkürlich nach vorn, woraufhin er meinte, ich sei für mein Alter noch ganz gut in Schuss. Ich lachte mit verstellter, tieferer Stimme und fasste mich an den Rücken, als schmerzte es dort irgendwo. Es waren die Scherze, die ich erwartet hatte. Das Ganze begann mir ein bisschen

Spaß zu machen. Schon von Weitem sah ich, dass Arthur, der freundliche Kioskbesitzer, bei dem ich immer meine Zeitung kaufte, hinter seiner Theke hervorgekommen war und den Kopf zur Tür herausstreckte. Ich strich mir über den Bart, um zu prüfen, ob er noch richtig saß.

„Hast du denn keine Geschenke dabei?", rief er mir entgegen und trat vor die Tür seines Ladens. Da er mich offenbar nicht erkannte, blieb ich auf dem Gehweg stehen und antwortete ihm mit der Weihnachtsmannstimme meines Vaters: „Erst die Kinder, erst die Kinder, mein Lieber."

„Aber wo hast du denn den Sack mit den Geschenken?", ließ er nicht locker.

„Den habe ich mit UPS vorausgeschickt", antwortete ich, nicht besonders originell, aber auf die Schnelle war mir nichts Besseres eingefallen. Schließlich konnte ich ihm nicht sagen, dass Pauls Erzieherin an der nächsten Ecke auf mich wartete, um mir heimlich den Sack mit den Geschenken für die Kinder zu übergeben. Wichtig war nur, dass man sich von unvorhergesehenen Fragen nicht aus der Fassung bringen ließ. Das hatte mein Vater ziemlich weit oben auf den Zettel mit den Weihnachtsmannregeln geschrieben. Für Arthur zumindest schienen damit aber alle Fragen, die er an den Weihnachtsmann hatte, beantwortet. Er wünschte mir einen guten Tag und bat mich, vorsichtig zu sein, es würde bald anfangen zu schneien und auf den Gehwegen glatt werden. Dann wandte er sich zur Tür, um zurück in seinen Laden zu gehen. Weil ich aber so erleichtert war, dass er mich nicht erkannte, und seine Fragen mich nur ein klein wenig aus der Fassung gebracht hatten, fragte ich ihn zum Abschied übermütig, ob denn die „Berliner Zeitung“ schon wieder ausverkauft sei? Verwundert drehte er sich noch einmal um und kniff die Augen zusammen, als wäre er kurzsichtig. Dann ging er in seinen Laden, kam mit einer Ausgabe der „Berliner Zeitung“ von heute zurück und überreichte sie mir mit den Worten: „Geschenkt, mein Lieber. Weihnachtsmänner müssen bei mir nicht bezahlen.“ Damit hatte ich nun wirklich nicht gerechnet. Schnell wandte ich mich zum Gehen und schwenkte zum Abschied die zusammengerollte Zeitung über meinem Kopf hin und her.

Der lange Glasbau des Kindergartens war schon zu sehen, als mir die Regel mit der Klingel einfiel. Mein Vater und ich hatten uns oft darüber gestritten, ob man als Weihnachtsmann klingelte oder an die Tür klopfte. Allerdings behauptete er immer, dass das nicht stimmte. So wie er immer behauptete, wir seien früher zum Gottesdienst gegangen, und ich ihm sagte, dass das nicht stimmte. Ich hatte als Kind nie neben meinem Vater in einer Kirchenbank gesessen. Wenn ich zu Weihnachten mit meiner Großmutter, seiner Mutter, aus der Kirche kam, wartete er zu Hause ungeduldig auf unsere Rückkehr. Zu behaupten, ich hätte ihm in Bezug auf die Klingel-Regel niemals widersprochen, war seine Art, die Dinge geradezurücken. Aber das war im Augenblick unwichtig. Niemand würde mich im Kindergarten hören, wenn ich im Erdgeschoss an die breite Glastür klopfte. Also würde ich die Klingel benutzen, meinem Vater später davon erzählen und vielleicht würden wir uns ein wenig darüber streiten.

Wie Arthur vorausgesagt hatte, begann es zu schneien. Nicht so große, flauschige Flocken, wie Kinder sie auf ihre Bilder malten, wenn sie Schnee zeichneten, sondern kleine Flöckchen. Rasch bildete sich eine hauchdünne pudrig-glitzernde Schicht auf dem roten Stoff des Weihnachtsmannkostüms. Langsam und etwas gebeugt ging ich auf das Gebäude des Kindergartens zu, damit es aussah, als wäre der Sack, den ich auf meinem Rücken trug, noch viel schwerer als er in Wirklichkeit schon war. Dann hob ich die Hand und grüßte zu den Fenstern hinauf, an denen die Kinder standen, um den Weihnachtsmann von Weitem näher kommen zu sehen. Ich entdeckte Paul zwischen ihnen. Aufgeregt hatte er seine Nase an die Scheibe gepresst. Genau wie ich, damals, als ich meinen Vater vom Fenster aus beobachtete, wie er über die verschneiten Wege unseres Viertels stapfte, und ich noch nicht wusste, dass er der Weihnachtsmann war.

2

Schon dreimal hatte ich den gerade übersetzten Satz wieder gelöscht, weil ich fand, dass die amerikanische Autorin, deren Buch ich ins Deutsche übertrug, mit „measured recollection“ etwas anderes meinte, als sich im Deutschen ohne Weiteres ausdrücken ließ. Es war schon spät. Anna und Paul schliefen bereits. Bei Robert war ich mir nicht sicher, oft las er noch heimlich unter der Bettdecke, manchmal sogar die ganze Nacht. Daniel hatte mir eine Nachricht geschrieben, dass er seinen Anschlusszug verpasst hatte und nun irgendwo festsaß. Es kam oft vor, dass seine Termine länger dauerten als geplant, dass Flüge gestrichen wurden oder er in anderen Städten übernachten musste. Wir hatten uns daran gewöhnt.

Wenn ich abends am Schreibtisch saß und mit der Arbeit nicht weiterkam, ging ich gern, wenn Daniel zu Hause war, für ein paar Minuten zu ihm in die Küche oder ins Wohnzimmer. Dann redeten wir darüber, wie der Tag gelaufen war, oder ich erzählte ihm von einem Satz, der sich nicht übersetzen ließ. Nach einer Weile ging ich wieder zurück in das Zimmer am Ende des Flurs. Seit Robert geboren wurde und wir vor zwölf Jahren in die Wohnung eingezogen waren, stand mein

Schreibtisch an derselben Stelle am Fenster, nur wenige Meter von der Spitze des Hauses entfernt.

Der Bildschirm hatte in den Ruhemodus geschaltet. Ich stützte die Ellbogen auf, legte mein Kinn in die Handflächen und schaute hinaus auf die breite beleuchtete Straße und das gegenüberliegende Eckhaus. Ein Weihnachtsstern schaukelte auf einem der Balkone ganz leicht hin und her. In den Fenstern darunter standen Lichterbögen, und etwas weiter rechts hatte jemand einen Weihnachtsmann befestigt, der die Hauswand hinaufkletterte. Es war Pauls größte Sorge, dass er herunterfallen könnte, bevor er es in eine Wohnung hineinschaffte. Für ihn spielte es keine Rolle, dass es nur eine Puppe war, die sich dort an der Hauswand entlanghangelte. Sie könnte ja in der Nacht, wenn keiner zuschaute, lebendig werden. Als Kind hielt man vieles für möglich, fast alles sogar.

Ich hatte mir früher nicht vorgestellt, dass der Weihnachtsmann die Wände hochklettern konnte, wohl auch deshalb nicht, weil es solche Puppen damals noch nicht gab, aber ich meinte, einiges über seine Herkunft zu wissen. Das Erzgebirge ist das Weihnachtsland, hatte mein Vater einmal zu mir gesagt. Und wo sonst sollte der Weihnachtsmann herkommen wenn nicht aus dem Weihnachtsland? Dass mein Vater selbst von dort stammte, war für mich nur ein weiterer Hinweis gewesen, dass er einen guten Draht zu ihm hatte, wenn es um die Übermittlung meines Wunschzettels ging. Fast keiner meiner Wünsche blieb unerfüllt. Seit es ihn nach Leipzig verschlagen hatte, um dort in einer Gießerei zu arbeiten, vermisste mein Vater seine Heimat wohl ein bisschen. Er redete oft über das Erzgebirge.

Manchmal besuchten wir seine Eltern, meine Großeltern, in dem kleinen Ort, in dem er aufgewachsen war und besichtigten eines der stillgelegten Erzbergwerke. Ich glaubte zu wissen, dass der Weihnachtsmann dort seine Behausung hatte und in den vielen unterirdischen Gängen, deren Wände märchenhaft glitzerten, umherhuschte. Dass ich ihn nie zu Gesicht bekam, wenn ich mit einem Schutzhelm auf dem Kopf neben meinem Vater in den für die Besucher umgebauten Loren saß, hatte für mich nur einen einzigen Grund: Der Weihnachtsmann war unsichtbar. Außer zu Weihnachten. Dann kam er aus seinem Rückzugsort hervor und eilte mit großen Schritten über das Land bis in unsere Hochhaussiedlung nach Leipzig.

Um von unserer Wohnung im siebten Stock hinunter auf den Fußweg vor dem Haus sehen zu können, hatte ich mir einen Stuhl ans Fenster geschoben und war daraufgestiegen. Die Scheibe hatte sich kalt angefühlt. Dort, wo meine Nasenspitze sie berührte, bildete sich schnell ein kleiner Kreis, den ich immer wieder wegwischen musste. Wenn der Weihnachtsmann in unsere Straße einbog, wusste ich, dass es nun nicht mehr lange dauern würde, bis er an meine Tür klopfte. Vorher verschwand er ab und zu in einem der Hauseingänge und kam nach einer Weile wieder heraus. Hatte er unseren Eingang erreicht, kletterte ich vom Stuhl und lief zur Wohnungstür, um sie einen Spaltbreit zu öffnen. Schritt für Schritt hörte ich ihn näher kommen. Obwohl es im Haus einen Fahrstuhl gab, lief er alle sieben Stockwerke nach oben. Auf dem letzten Treppenabsatz machte er kurz halt, und ich schloss leise die Tür, um dahinter auf sein Klopfen zu warten.

So war es immer gewesen. Und ich hatte wohl damals die Vorstellung gehabt, dass sich daran niemals etwas ändern würde. Denn auch als ich mir schon keinen Stuhl mehr ans Fenster schieben musste und sich erste Zweifel in mir meldeten, was die Herkunft des Weihnachtsmanns betraf, hielt ich noch vieles für möglich, fast alles sogar. Nur eines nicht: dass ich eines Tages nicht mehr hinter, sondern vor der Tür stehen würde.

*

Als mein Vater sich vor der Fleischerei Mischke als Weihnachtsmann selbst enttarnte, muss ich ungefähr acht oder neun Jahre alt gewesen sein. Ich ging schon eine Weile zur Schule und mein Vater hatte bereits graue Haare, obwohl er erst Anfang dreißig war. Wenn wir nebeneinander herliefen, gab ich ihm noch meine Hand. Im Winter trug ich einen hellblauen Anorak und er eine Mütze mit

Ohrenklappen. An das Jahr, in dem ich die wirkliche Herkunft des Weihnachtsmanns erfuhr, konnte ich mich nicht mehr genau erinnern. Vielleicht war es 1984, vielleicht aber auch ein Jahr später gewesen. Sicher hätte mein Vater jetzt mit dem Kopf geschüttelt und sich darüber lustig gemacht, dass ein alter Mann wie er sich in den Erinnerungen seiner Tochter sehr viel besser auskannte als sie selbst. Aber wie vor zwei Tagen, als ich in sein Kostüm geschlüpft war, widersprach ich ihm in Gedanken. Wenn auch etwas zaghafter. Man vergisst nicht, wenn man von zu Hause fortgeht. Und doch spürte ich, hier am Schreibtisch vor dem Fenster, in dem sich mein erwachsenes Gesicht spiegelte, dass das Kind, das ich damals gewesen war, mir auch immer wieder entwischte. So als würde es zwischen meinen Erinnerungen umherspringen, manches preisgeben und anderes hinter seinem Rücken versteckt halten.

Im Grunde hatte jener Weihnachtstag angefangen wie alle anderen vor ihm auch. Am Morgen schmückten mein Vater und ich den Weihnachtsbaum. Weil er es satthatte, die mageren Kiefern, die es zu kaufen gab, auszubessern, indem er mit einem Holzbohrer Löcher in den Stamm bohrte, um an den kahlen Stellen zusätzliche Zweigen einzusetzen, kaufte er irgendwann einen künstlichen Baum. Außerdem hasste er es, etwas wegzuschmeißen, was viel Arbeit gekostet hatte, und das Entsorgen des echten Baums hatte, dem Weihnachtsfest, wie er sagte, im Nachhinein immer eine etwas traurige Note gegeben. Diese Gefahr bestand bei einem Exemplar aus Plastik nicht. Jedes Jahr aufs Neue schien mein Vater darüber erfreut, sich der unnötigen Arbeit und des traurigen Abschieds entledigt zu haben. Fröhlich pfeifend, schritt er mit mir in den Keller, um unseren zusammengeklappten Weihnachtsbaum hervorzuholen. Dann platzierten wir ihn auf einem Holzbänkchen im Wohnzimmer und bogen seine Zweige auseinander. „Prächtig", sagte mein Vater, sobald wir damit fertig waren. Weil er sich nicht merken konnte, in welchem Fach der Schrankwand wir das Lametta und die Weihnachtsbaumkugeln aufbewahrten, öffnete er zunächst einige Fächer, gab aber rasch auf und fragte wie immer meine Mutter, die in der Küche das Rotkraut zubereitete. Ich hätte es auch gewusst, sagte aber nie etwas, weil ich es liebte, dass jedes Jahr alles gleich ablief.

Der Moment, an dem meine Mutter den Karton mit den Baumkugeln aus der Schrankwand zog und öffnete, gehörte für mich zu den schönsten am Weihnachtsmorgen. Jede einzelne Kugel lag in einem extra Kästchen und war in dünnem Papier eingeschlagen. Beim Herausnehmen fühlte es sich an, als würde man ein Geschenk auspacken. Sie waren silbern und manche von ihnen mit einer weißen glänzenden Schicht überzogen. Vorsichtig hängte ich sie an den Baum und mein Vater schaute aus einiger Entfernung, wo noch eine Kugel fehlte. Dann kam das Lametta an der Reihe. Für mich der schwierigste Teil. Nachdem die zarten Streifen ein Jahr lang in der Verpackung zusammengepresst worden waren, klebten sie fest zusammen. Wir brauchten eine halbe Ewigkeit, um sie mit Fingerspitzengefühl, wie mein Vater sagte, voneinander zu trennen und einzeln über die Zweige zu legen, ohne dass sie rissen. Zum Schluss befestigte er eine kleine Lichterkette an unserem Baum und sagte noch einmal „prächtig".

Währenddessen war der Duft von Rotkraut langsam durch die ganze Wohnung gezogen, und es roch bei uns genauso, wie es in der Geschichte „Die Weihnachtsgans Auguste" beschrieben wurde. Wenn wir mit dem Schmücken des Baums fertig waren, hörte ich mir diese Schallplatte an. Mehrmals. Noch heute hatte ich die Stimme des Opernsängers Luitpold Löwenhaupt sofort im Ohr, wenn ich wie jetzt daran dachte. Am Anfang kommt er nach Hause, mit einer lebenden Gans unter dem Arm, und stellt sich vor, wie sie am Weihnachtstag auf dem Teller liegt und es gleichzeitig nach Rotkraut duftet. Natürlich wird die Gans nicht verspeist, und ich musste mir immer wieder anhören, wie die Kinder des Opernsängers ihr das Leben retteten. Meistens blieb ich gleich neben dem Plattenspieler sitzen, um die Platte sofort wieder in Gang zu bringen, wenn sie abgelaufen war. Dabei hielt ich die große viereckige Hülle in den Händen und schaute mir die Illustration an, auf der allerdings nicht die Familie Löwenhaupt, sondern ein kleines Mädchen mit einem Schaf abgebildet war. Sie gehörte zu der Erzählung „Das Wolkenschaf", die sich auf der Rückseite befand.

Dann war es auch schon so weit und mein Vater und ich brachen auf, um unsere eigene Weihnachtsgans abzuholen. Selbstverständlich keine lebendige. Wenn wir durch unser Treppenhaus nach unten gingen, stellte mein Vater gern ein paar Räucherkerzchen auf, damit es, wie er sagte, nach Weihnachtsland roch. Vielleicht aber auch, um unseren Nachbarn, einen Feuerwehrmann, ein wenig zu ärgern, der den Geruch der aus dem Erzgebirge stammenden grünen und roten Hütchen nicht leiden konnte. Entweder hielt uns diese Prozedur jedes Jahr auf oder es gab einen anderen Grund. Jedenfalls kamen wir, obwohl ich neben meinem Vater kaum Schritt halten konnte, wenn wir über die lange Zwickauer Straße eilten, regelmäßig zu spät: Vor der Fleischerei Mischke hatte sich bereits eine lange Schlange gebildet. Dann legten wir im Tempo noch etwas zu, um wenigstens vor den zwei, drei anderen, die sich auch gerade in die Schlange stellen wollten, an ihrem Ende anzukommen. Man blieb nie lange der Letzte. Aber die Aussicht nach vorn änderte sich über Stunden nicht.

In jenem Jahr war die Schlange besonders lang gewesen, geradezu endlos, und der breite Rücken von Frau Naumann das Einzige, was ich die ganze Zeit vor mir sah. Sie wohnte mit ihrer Familie im Erdgeschoss unseres Aufgangs und fuhr ihren Sohn, der in einem Rollstuhl saß, am Wochenende um den kleinen See hinter den Hochhäusern spazieren. Niemand konnte bessere Witze erzählen als er, über die am allerlautesten seine große, rotwangige Mutter lachte. Aber auch sonst lachte sie oft. So dicht hinter ihr konnte ich sehen, wie sich die Nähte ihrer Jacke jedes Mal bedrohlich spannten, wenn ihr helles und gleichzeitig raues Lachen erklang. Um hin und wieder nachzusehen, wie weit wir noch vom Eingang der Fleischerei entfernt waren, musste ich einen großen Schritt um sie herum zur Seite machen.

Etwas weiter vorn hatte an jenem Tag unser Nachbar gestanden, der Feuerwehrmann, der sich immer über die Räucherkerzchen aufregte und ebenfalls Naumann hieß. Seine Frau arbeitete mit meiner Mutter zusammen in der Bücherei. Sie hatten sechs Töchter, aber er wartete immer noch auf einen Stammhalter, wie er es ausdrückte. Dabei machten bereits zwei seiner Mädchen eine Ausbildung zur Feuerwehrfrau. Sie waren genau so klein und drahtig wie ihr Vater. Oft stellte ich mir vor, wie sie nacheinander die Stange in der Feuerwache herunterrutschten, wenn sie zu einem Einsatz gerufen wurden. Wenn ich die Naumanns „die große kleine Familie“ nannte, zog meine Mutter die Augenbrauen hoch.

Dass der Feuerwehrmann weiter vorn in der Reihe stand, ärgerte nun wiederum meinen Vater. Ich merkte es daran, dass er Herrn Naumann überschwänglich begrüßt hatte, als wir an ihm vorbei nach hinten durchgehen mussten. Auch sonst standen eine Menge Leute vor und hinter uns, die mein Vater von irgendwoher kannte und mit denen er die ganze Zeit über mehrere Köpfe hinweg plauderte. Nie wurde ihm langweilig. Während ich mich hinter den Rücken von Frau Naumann aus dem Erdgeschoss duckte, hinunter auf meine Stiefel aus rotem Wildleder sah und darauf wartete, mit ihnen wieder einen Schritt vorwärts machen zu können.

Wir standen noch ziemlich weit vom Eingang entfernt, als die Rollläden im Verkaufsraum heruntergelassen wurden und jemand zur Tür herausrief: „Nur noch Abholer!" Ein paar Leute verließen murrend die Schlange und ich wäre zu gerne mit ihnen gegangen. Aber genau wie alle anderen, die eine Weihnachtsgans vorbestellt hatten, blieben auch wir stehen, und mein Vater sagte: „Jetzt kann es nicht mehr lange dauern." Daraufhin bekam Frau Naumann einen Lachanfall, als hätte mein Vater den Witz des Jahres gemacht, und mir schossen Tränen in die Augen. Ich dachte an nichts anderes als an den Weihnachtsmann, der sicher schon in unserem Viertel umherwanderte. Ich dachte an das Fenster, von dem aus ich ihn beobachtete, an die Schritte auf der Treppe und sein

Klopfen an meiner Tür. Vielleicht war er sogar schon weitergezogen, weil ich ihm nicht geöffnet hatte. Ich blickte hinauf zu meinem Vater und der nach Luft schnappenden Frau Naumann und wünschte mir, Weihnachten wäre bereits vorbei. In diesem Moment sah mein Vater zu mir herunter. Als hätte er meine Gedanken erraten, ging er ein wenig in die Knie, beugte sich an mein Ohr und flüsterte ganz leise: „Aber Maleschka, du kannst den Weihnachtsmann doch gar nicht verpassen, weil er direkt neben dir in der Schlange steht."

*

An jenem Nachmittag ging hinter dem breiten Rücken von Frau Naumann etwas zu Ende, das ich später mein Kinderweihnachten nannte. Natürlich hörten wir nicht plötzlich auf, Weihnachten zu feiern. Mein Vater sagte weiterhin Maleschka zu mir, obwohl ich eigentlich Melanie hieß. Aber die Zeit, da ich den Weihnachtsmann in einem Bergwerksstollen vermutete und ihn in meiner Fantasie über die Hügel des Erzgebirges steigen sah, war vorbei. Im Grunde spürte ich dort, vor der Fleischerei Mischke, zum ersten Mal in meinem Leben, wie es sein musste, erwachsen zu werden. Und die Wörter *immer* und *niemals* bekamen nun eine neue Bedeutung für mich. Das hätte ich damals, als ich mit meinem Vater und der Gans unter dem Arm zurück nach Hause lief, nicht auf diese Weise sagen können, aber das Gefühl, nicht mehr dasselbe Mädchen zu sein, das ich auf dem Hinweg gewesen war, ließ mich alles, was mich umgab, mit anderen Augen sehen. Die Hochhäuser wirkten weniger hoch, die Zwickauer Straße nicht mehr so lang, selbst die Hand meines Vaters, in der meine eigene bisher immer fast verschwunden war, schien nicht mehr so groß zu sein wie gerade eben noch. Denn es ging an diesem Abend nicht nur etwas zu Ende, sondern es begann auch etwas Neues. Etwas, das noch viel aufregender war, als hinter der Tür zu warten.

Nun betrat ich selbst die Bühne des Geschehens. Nicht sofort, denn für dieses Weihnachten spielten wir noch einmal unsere alten Rollen. Aber wie es sein würde, wenn er, der Weihnachtsmann, und ich, der Wichtel, im nächsten Jahr gemeinsam auf Tour gehen würden, darüber sprach mein Vater, bis wir vor unserem Hochhaus angekommen waren. Selten erlebte ich, und daran hat sich bis heute nichts geändert, dass mein Vater sich Dinge ausmalte, die er tun würde. Meistens tat er sie einfach. Nichts sprach dafür, dass er sich an jenem Weihnachtstag vorgenommen hatte, mich in sein Geheimnis einzuweihen. Profis reagieren spontan, sagte er immer. Aber die Vorstellung, all die zukünftigen Weihnachten mit mir gemeinsam durch unser Viertel zu ziehen, ließ auch ihn zu einem anderen werden. Zumindest ein wenig, denn natürlich kamen bei all seinen Ausführungen auch die Weihnachtsmannregeln nicht zu kurz.

Auf dem letzten Treppenabsatz vor unserer Wohnungstür machte mein Vater auch an jenem Abend noch einmal halt und ich schloss zum letzten Mal leise die Tür. Dann klopfte er, und meine Mutter und ich ließen den Weihnachtsmann herein. Er stellte den Sack mit den Geschenken ab, meine Mutter bat ihn, auf dem Sessel im Wohnzimmer Platz zu nehmen und ich fragte mich wahrscheinlich die ganze Zeit, warum ich meinen Vater vorher nie erkannt hatte. Vielleicht war ich aber zu aufgeregt, um mir solche Fragen zu stellen, schließlich musste ich ihm beweisen, dass ich ein Geheimnis bewahren konnte. Er hatte mich gebeten, vorerst noch nicht mit Mutter darüber zu sprechen, was sich vor der Fleischerei Mischke ereignet hatte. Und das war vermutlich die schwerste Prüfung des Abends. Gewöhnlich erzählte ich ihr, wenn in meinem Leben etwas Wichtiges passiert war. Es gab keine bessere Zuhörerin als sie. Auf die Idee, dass sie längst wissen könnte, wer der Weihnachtsmann in Wirklichkeit war, kam ich bei all der Aufregung natürlich nicht. Und ob sie ahnte, dass auch ich inzwischen eingeweiht war oder mein Vater es ihr verraten hatte, wird wohl ihr Geheimnis bleiben. Nie aber werde ich vergessen, wie mein Vater, der Weihnachtsmann, sie zum Abschied küsste, beide sich in dem langen weißen Bart verhedderten und wir alle drei laut lachen mussten.

*

Am Fenster trieben ein paar Flocken vorbei. Seit ich vor zwei Tagen als Weihnachtsmann verkleidet zum Kindergarten gelaufen war, hatte es immer wieder geschneit. Jetzt hatte sich eine frische weiße Schicht über die breiten Gehwege der Danziger Straße gelegt. Morgen früh würden die Kinder ihre Namen hineinschreiben. Robert, Anna, Paul. Dann würden sie den Schnee auf den Kühlerhauben der parkenden Autos mit ihren Händen zusammenschieben und Kugeln für eine Schneeballschlacht daraus formen. Irgendwann kämen sie lachend die Treppe heraufgepoltert, würden mit kalten, roten Nasen zur Tür hereinstürmen und wie jeden Samstag Spaghetti mit Tomatensoße essen wollen. Darin waren sie sich ausnahmsweise stets einig.

Ich hatte schon oft am späten Abend hier gesessen und gearbeitet. In der Dunkelheit verlangsamte sich der Takt der breiten Straße. Durch den herabfallenden Schnee sah es aus, als wären die bunten Lichter der Kioske weiter in die Ferne gerückt. Im Haus gegenüber waren kaum noch Fenster erleuchtet. Nur der Weihnachtsstern schaukelte weiter hin und her. Das Geräusch der Straßenbahnen klang jetzt anders als am Tag. In der einen Richtung fuhren sie bis in den nächsten

Stadtteil und in der anderen Richtung überquerten sie die Kreuzung, auf der Daniel mich zu ersten Mal geküsst hatte. Manchmal wurden nachts die Schienen geschliffen. „Wir schleifen Gleise leise", hatte ich auf den Triebwagen der Berliner Verkehrsbetriebe lesen können. Vor einigen Jahren war die Birke, die ich von meinem Fenster aus gerade noch hatte sehen können und die wohl ein wenig zu nahe am Gleisbett stand, gefällt worden. Weich hatten ihre Äste im Winter dem Schnee nachgegeben. In der Wohnung, die unserer direkt gegenüberlag, wohnte seit Kurzem eine Jungs-WG. Auch dort waren die Fenster jetzt dunkel.

Vor zwei Tagen hatte ich mich gefragt, was sie wohl dachten, wenn sie ihre Nachbarin mit einem weißen Bart, roter Jacke und Hose bekleidet vor der Haustür stehen sahen. Andererseits machten sie sich wahrscheinlich sehr viel weniger Gedanken über mich als ich mir über sie. Als ich losging, war sowieso noch keiner von ihnen wach. Erst gegen zwölf wurden die Vorhänge aufgezogen, und einer nach dem anderen tauchte in dem Zimmer auf, das ich für die Küche hielt. Nachts gingen sie aus. So wie Robert es in ein paar Jahren tun würde. So wie ich es früher getan hatte. Schon jetzt interessierten ihn die Jungs aus der WG mehr als ein Weihnachtsmann, der an der Hauswand hinaufkletterte. Überhaupt hielt er Weihnachten für überschätzt, hatte er neulich zu mir gesagt und seine langen Haaren nach hinten geschüttelt.

Obwohl ich wusste, wie sehr er es liebte, Plätzchen zu backen und immer noch auf einem Adventskalender bestand, widersprach ich ihm nicht. Beladen mit Einkaufstüten und Geschenken hatte ich ihm innerlich sogar zugestimmt.

Aber eigentlich liebte ich Weihnachten. Ich mochte die Heimlichkeiten vor der Bescherung, das Kerzenlicht auf dem Tannenbaum und den Geruch von Rotkraut und Gänsebraten. Am meisten aber mochte ich, dass die Welt um mich herum allmählich zur Ruhe kam. Zumindest wünschte ich mir das in jedem Jahr aufs Neue. So wie die meisten anderen Menschen vermutlich auch. Doch in Wahrheit gehörten die Tage vor dem Fest immer zu den turbulentesten des Jahres, und bis auf die Kinder gerieten alle ein wenig aus dem Gleichgewicht. Da war ich leider keine Ausnahme. Nur die allgemein um sich greifende vorweihnachtliche Überforderung konnte der Grund dafür sein, dass ich mich am Ende meines Auftritts als Weihnachtsmann doch noch hatte aus der Fassung bringen lassen, als auf dem Rückweg vom Kindergarten plötzlich jemand meinen Namen rief.

Zunächst war ich einfach weitergegangen. Aber dann hörte ich noch einmal hinter mir: „Melanie, bist du das?“ Nie war mein Vater in seinem Kostüm mit seinem richtigen Namen angesprochen worden. Und auch ich hatte es fast geschafft, völlig unerkannt durch unser Berliner Viertel zu laufen. Bis zur Haustür waren es nur noch wenige

Schritte. Ich begann in Gedanken zu fluchen wie Nuchem, meine Lieblingsfigur aus der Fernsehserie „Shtisel“, die ich abends manchmal auf Netflix schaute. „Böse Menschen, böse Menschen“, sagte er dann, wenn ihn jemand unangenehm überraschte. Blöde Kuh, dachte ich, als ich stehengeblieben war, mich umdrehte und Sabine, ebenfalls Übersetzerin, erblickte. Aber genau wie mein Vater es immer tat, wenn er sich über jemanden ärgerte, begrüßte ich sie überschwänglich. Allerdings hätte er sich noch viel mehr über Sabine geärgert als Nuchem und ich zusammen. Denn er war der Ansicht, dass jeder erwachsene Mensch wusste, dass irgendjemand den Weihnachtsmann spielte, und wenn er ihn erkannte, die Klappe halten musste. Sonst hatte alles keinen Sinn, sagte er oft. Aber Sabine sprach mich nicht nur an, sondern versuchte auch gleich, mich in ein Gespräch zu verwickeln. Wir hätten uns so lange nicht gesehen. Mein Gott, dachte ich, merkte sie denn gar nicht, mit wem sie gerade sprach? Schließlich erzählte sie mir auch noch, woran sie mich erkannt hatte, und tat dabei so, als hätte nicht ich ein Geheimnis, sondern sie. Ohne auf ihre Plauderei einzugehen, murmelte ich vor der Haustür eine Verabschiedung und verschwand.

Im Nachhinein bereute ich meine Schroffheit. Eigentlich mochte ich Sabine ganz gern. Ihre Tochter ging mit Anna in eine Klasse und wir hatten sogar schon einmal ein Buch zusammen übersetzt. Schließlich konnte sie nichts dafür, dass ich, so kurz vor dem Ziel, nachlässig geworden war. Meine Haare waren unter der Mütze hervorgerutscht. Außerdem hatte ich angefangen, die Überschriften auf der „Berliner Zeitung“ zu lesen, die Arthur mir geschenkt hatte, und dabei nicht mehr auf meinen Gang geachtet. Durch die halb geschlossene Tür hatte sie mir nachgerufen, wir sollten einmal mit den Kindern auf den Weihnachtsmarkt gehen. Sie könnten Zuckerwatte essen und wir einen Glühwein trinken. Später würde sie sich bei mir melden.

Beim Abendessen war ich über meinen kleinen Ausrutscher schon fast wieder hinweg. Und auch alle anderen schienen im Großen und Ganzen zufrieden zu sein, wie der Tag für sie gelaufen war. Daniel hatte eine erfolgreiche Verhandlung gehabt. Anna war nach einem Streit mit ihrer besten Freundin zu ihr gegangen und sie hatten sich wieder vertragen. Roberts Team hatte gegen die Parallelklasse im Basketball gewonnen. Am meisten aber hatte Paul an diesem Abend zu erzählen. Sehr gerade saß er zwischen seinen älteren Geschwistern am großen runden Tisch und genoss es, im Mittelpunkt zu stehen. Seine Wangen und Ohren röteten sich, je länger er vom Besuch des Weihnachtsmanns berichtete. Immer wieder fielen ihm neue Details dazu ein. Während Anna und Robert nach einer Weile über seinen Kopf hinweg die Augen verdrehten, wurde mir ein wenig bang, und ich schielte ab und zu hinüber zu Daniel, um in seinem Gesicht nach einem Zeichen zu suchen, wie nahe ich meiner Enttarnung schon war. Aber Daniel schaute mich gar nicht an, sondern schien als Einziger Pauls Erzählung von ganzem Herzen genießen zu können.

Gänzlich unbeirrt von alldem, kam Paul schließlich zu seinem eigenen kleinen Auftritt. Ob er die Wände hinaufklettern könnte, hätte er den Weihnachtsmann gefragt, er wäre ja schließlich der Experte, er müsste es ja wissen. Bevor er mit der Antwort herausrückte, die ich natürlich bereits kannte, hatte Paul eine kleine Pause gemacht. Sein Blick war durchs Fenster zu dem Weihnachtsmann an der gegenüberliegenden Hauswand gewandert, und dann sagte er nachdenklich: „Im Notfall müssen Weihnachtsmänner ungewöhnliche Wege gehen." Aus seinem Mund hörte sich der Satz in diesem Moment an, als hätte nicht ich, sondern er selbst sich die Antwort ausgedacht. Und ich erinnerte mich, wie ich meinem Vater früher auch von den Antworten des Weihnachtsmanns erzählt hatte und dass sie in diesem Augenblick bereits zu meiner eigenen Wahrheit geworden waren. Wie mein Vater sich damals gefühlt haben musste, erlebte ich nun jedoch zum ersten Mal.

Dass jemand anderes hinter dem weißen Bart stecken könnte als der Weihnachtsmann, dieser Gedanke lag Paul noch völlig fern. Genau wie ich damals fantasierte er sich in die Geheimnisse des

Weihnachtsmanns hinein und hatte für alles und jedes eine Erklärung. Sogar für die zusammengerollte „Berliner Zeitung“ in seiner Jackentasche. Natürlich war Paul auch das nicht entgangen. Und natürlich hatte ich, als er am Tisch darauf zu sprechen kam, meinen Übermut vor Arthurs Kiosk ein weiteres Mal mehr als bereut. Kleiner Fehler, große Wirkung, wie mein Vater sagte. Aber Paul war sich sicher, dass der Weihnachtsmann nur aus der Zeitung wissen könnte, dass Kindern mit fünf Jahren die Zähne herausfallen. Deshalb hätte er ihm als Geschenk das Döschen für seinen Wackelzahn mitgebracht. Damit war das Thema für ihn erledigt gewesen und ich hatte mich auf meinem Stuhl erleichtert zurückgelehnt. Doch wie so oft in den Tagen vor Weihnachten war es dafür wieder einmal zu früh gewesen. Als alle anderen vom Tisch schon aufgestanden waren und nur er und ich uns gegenübersaßen, schaute er noch einmal hinüber zur anderen Hauswand und sagte mit fester Stimme: „Mama, ich glaube, der Weihnachtsmann wird in diesem Jahr bei mir einsteigen!“ Was auch immer er damit meinte.

*

Der Vormittag als Weihnachtsmann hatte meinen Alltag durcheinandergebracht. Aber da war noch etwas anderes. Etwas, dass mich mehr als in den vergangenen Jahren aus dem Gleichgewicht brachte. Lange hatte ich mich meiner Vergangenheit nicht mehr so nahe gefühlt wie jetzt. Die Namen der Orte und Menschen, die Erinnerungen an Gerüche, Farben und mein eigenes kindliches Ich drangen stärker als je zuvor an die Oberfläche. Denn der Vormittag hatte auch meine Erinnerungen aufgewirbelt. Gewöhnlich bereitete es mir keine Mühe, sie sofort wieder einzufangen, damit sie sich wie durch einen Windstoß in die Luft geworfene Blätter wieder zur Ruhe legten. Nur wenn die Vergangenheit schlief, so glaubte ich, fühlte sich die Gegenwart nicht fremd an. Das hatte ich in den Jahren, in denen ich durch die Welt gereist war, gelernt.

Anfangs dachte ich noch, ich müsste nur lernen, richtig zu erzählen, woher ich kam und dass mein Leben etwas anders verlaufen war als das meiner Kommilitonen im Westen Deutschlands. Das war Mitte der neunziger Jahre, ich war gerade zwanzig geworden und wollte die Welt erobern. Deshalb verließ ich Leipzig. Es fiel mir leicht, mit anderen Menschen in Kontakt zu kommen. Egal ob in Frankfurt am Main, Glasgow, Aix-en-Provence oder Sevilla. Aber bald spürte ich, wenn ich mit den anderen Studenten abends zusammensaß, dass ihnen das Land, in dem ich Schlitten gefahren war, auf den Weihnachtsmann gewartet und in der Schule gelernt hatte, ferner schien als ein anderer Kontinent. Viele waren schon als Kinder mit ihren Eltern in Afrika, Australien oder Amerika gewesen. Die DDR kannten sie nur aus Erzählungen, die mit meinen nicht übereinstimmten. Dass ich miterlebt hatte, wie das Land meiner Kindheit verschwunden war und die Städte, Häuser und Menschen zu anderen wurden, so weit kam ich in meinen Beschreibungen meistens gar nicht. Und wenn doch, dann fragten sie mich, nachdem ich ihnen erzählt hatte, dass Frau Naumann sehr traurig wurde, als sie ihre Arbeit nach der Wende verlor, und die Fleischerei Mischke irgendwann schließen musste, weil alle nur noch im Großmarkt einkauften: Aber sind die Menschen denn nicht glücklich, dass sie jetzt in Freiheit leben?

Ich lernte damals neue Sprachen und wurde schließlich Übersetzerin. Die richtigen Worte, um mein altes in mein neues Leben zu übersetzen, fand ich nicht. Weder in den Sprachen der anderen Länder noch in meiner eigenen, die inzwischen auch eine andere geworden war. Und wenn ich zu Besuch nach Hause kam, fiel mir auf, dass sich auch mein neues Leben nicht mehr in mein altes übersetzen ließ. Wie in den Briefen an meine Eltern befürchtete ich, missverstanden zu werden, wenn ich durch unser Leipziger Viertel ging und alte Bekannte traf. Ich konnte keine passende Verbindung zwischen der Gegenwart und der Vergangenheit herstellen. Nicht für mich selbst, aber auch nicht für andere.

Manchmal begann sich die Vergangenheit damals anzufühlen wie ein Traum. Daran hatte ich denken müssen, als mich Anna heute vor dem Einschlafen gefragt hatte, ob es sein könnte, dass der Traum die Wirklichkeit und die Wirklichkeit ein Traum war. Das hätte sie in Tomi Ungerers Buch der philosophischen Kinderfragen gelesen. Gern führte sie mit mir, wenn ich zum Gute-Nacht-Sagen an ihr Bett kam, noch eine kleine Unterhaltung. Anfangs dachte ich, es wäre nur ein Trick, um länger wach bleiben zu dürfen. Aber dann merkte ich, dass Fragen wie diese sie wirklich beschäftigten, auch wenn sie erst acht Jahre alt war. Deshalb antwortete ich so ehrlich wie möglich: „Ja, manches von dem, was wir erleben, kann sich im Nachhinein wie ein Traum anfühlen." Sie hatte die Arme hinter dem Kopf verschränkt und an mir vorbei an die Zimmerdecke gesehen. Ihre Augen waren von demselben hellen Grau wie die von Daniel. „Aber dann würde ich mein Leben ja träumen und wenn ich aufwache, schlafen gehen", hatte sie nach einer Weile entgegnet und sich ohne ein weiteres Wort zur Seite gedreht. So wie es Kinder manchmal tun, wenn sie mit einer Erkenntnis zufrieden waren.

Als ich Daniel in Berlin begegnete, fühlte sich die Vergangenheit zum ersten Mal real an. Er wusste, wie das Licht der Laternen auf unseren Straßen ausgesehen hatte. Dass es nicht richtig gelb gewesen war, aber auch nicht orange. Und wie der Schnee sich verfärbte, wenn er unter den Laternen zur Erde fiel und wir darin unsere Spuren hinterließen. Er war in der Nähe von Bautzen aufgewachsen und schon bald nach dem Mauerfall nach Berlin gekommen, um Anwalt zu werden. Er war kein Träumer. Schnell hatte er verstanden, dass man die Gegenwart in die Hände nehmen und festhalten musste. Jeder Tag ein neuer Fall. Die Vergangenheit war für ihn ein Ort, in den man ein- und ausreisen konnte. Nachdem wir uns in der Nacht unter dem grünen Viadukt der U-Bahn-Gleise geküsst hatten, zeigte er mir am nächsten Tag den großen Berliner Himmel. Er hatte die Arme dabei ausgebreitet, als wollte er ihn umarmen. Und ich hatte in diesem Moment gespürt, dass all meine Erinnerungen in dieser Stadt und bei ihm Platz finden würden, ohne dass ich ihnen jeden Tag begegnete.

Später nahm er mich mit zu seinen Eltern. In ihrer Küche stand dasselbe Zwiebelmustergeschirr wie bei uns zu Hause. Sein Vater hatte bis zur Wende im Waggonbau gearbeitet. Was danach kam, nannte er das Zeitalter der Fusionen. Kaum war eine Betriebszusammenlegung abgeschlossen, kam die nächste. Während die Belegschaft um ihn herum immer kleiner wurde, begann er im Garten hinter dem Haus Gemüse anzubauen. Dass etwas wuchs, als alles andere zusammenbrach, schien ihn zu trösten. Stolz zeigte er mir seine Beete, breitete die Arme aus wie sein Sohn um den Himmel von Berlin. Daniels Mutter war Verkäuferin. Sommers wie winters fuhr sie mit einem Kleinlaster über die Dörfer der Lausitz und verkaufte aus der Ladefläche heraus Brot und Brötchen auf den Marktplätzen. Sie machte das gern, auch wenn sie lieber in einer festen Verkaufsstelle gearbeitet hätte. Aber die kleinen Geschäfte gab es nicht mehr, und im Supermarkt wollte man sie wegen ihres Alters nicht einstellen. Bald würde sie in den Vorruhestand gehen. Wir kommen zurecht, fasste sie ihr Leben mehr als zehn Jahre nach der Wende zusammen. Der Satz hätte von meiner Mutter sein können.

Weihnachten hatte Daniels Familie anders gefeiert als meine eigene. Am Heiligabend eilte kein Weihnachtsmann mit großen Schritten herbei, sondern das Christkind schwebte vom Himmel herab. Unbemerkt legte es die Geschenke für Daniel unter den Baum und verschwand Glöckchen klingelnd, bevor er es zu Gesicht bekam. Als Robert geboren wurde und wir das erste Mal zu dritt in Berlin Weihnachten feierten, hatte ich gern auf den Weihnachtsmann, wie ich ihn kannte, verzichtet. Auch diese Erinnerung sollte ruhen. Zwar ließen wir kein Christkind einschweben, und der Weihnachtsmann brachte auch für Robert und später für Anna und Paul die Geschenke. Gesehen hatten sie ihn dabei noch nie. Jedes Jahr stellte er heimlich einen großen Sack vor unsere Wohnung und hatte sich, sobald sie die Tür einen Spaltbreit öffneten, schon wieder davongemacht.

Aber damit schien es nun vorbei zu sein. Paul glaubte fest daran, dass der Weihnachtsmann in diesem Jahr bei ihm einsteigen würde. Ob er unbedingt über die Balkonbrüstung klettern musste, darüber ließ er sicher mit sich reden. Aber dass er ungesehen die Treppe herauf- und wieder hinunterschlich, dafür würde nicht einmal Paul eine Erklärung finden, nun, da er im Kindergarten bereits Kontakt zu ihm aufgenommen hatte. Vielleicht waren ja auch Anna und Robert noch nicht zu alt für einen Besuch des Weihnachtsmannes? Es gab eigentlich nur einen, der diesen Weihnachtsmann spielen konnte. Aber würde mein Vater noch einmal in seine alte Rolle schlüpfen? Es waren nur noch wenige Tage bis zum 24. Dezember und es sah ganz und gar nicht danach aus, als würde die Welt allmählich zur Ruhe kommen. Weder die um mich herum noch die in meinem Inneren. Denn auch die Zeit, in der ich meine Erinnerungen beiseiteschieben konnte, schien vorbei zu sein. Weihnachten würde wohl in diesem Jahr ein wenig anders verlaufen als geplant.

Ich berührte einen der Buchstaben auf der Tastatur meines Computers, damit sich der Bildschirm wieder einschaltete und ich weiterarbeiten konnte. Im gleichen Moment erschienen zwei Nachrichten auf dem Display. Die eine war von Daniel. Und die andere von Christof, einem alten Freund. Daniels öffnete ich sofort, weil ich auf sie gewartet hatte und wissen wollte, wo er gerade war. Christofs ließ ich ungelesen im Posteingang liegen, denn im Grunde wusste ich, was er mir geschrieben hatte. Es war dieselbe Mail, die er mir jedes Jahr schrieb: dass er für ein paar Tage in Berlin sein würde und ob wir uns am nächsten Abend treffen könnten. Seine Mails kamen immer kurzfristig, es war immer der nächste Abend und jedes Mal ärgerte ich mich darüber. Aber jetzt war ich fast erleichtert, denn wenigstens etwas hatte sich dieses Weihnachten nicht geändert.

3

Christof war schon da, als ich vor dem Hackbarth's ankam. Durch die breite Fensterfront sah ich ihn an der langen geschwungenen Theke sitzen. Er lebte seit Jahren im Ausland und kam nur noch selten nach Deutschland zurück. Jedes Jahr zu Weihnachten besuchte er seine Mutter und ein paar alte Freunde. Meist hatte ich schon eine Verabredung, wenn seine Mail bei mir eintraf. Meist war ich froh, einen Grund zu haben, um absagen zu können. Manchmal hatte ich mir einen Vorwand ausgedacht. Aber nun stand ich wenige Meter von ihm entfernt und freute mich, ihn wiederzusehen, auch wenn ich nicht so recht wusste, warum.

Christof war im selben Viertel in Leipzig aufgewachsen wie ich. Das Hochhaus, in dem er mit seiner Mutter wohnte, konnte ich von meinem Fenster aus sehen. An einem Herbstnachmittag waren wir zwischen seinem und meinem Hochhaus so lange hin- und hergelaufen, bis einer von uns beiden den Mut gehabt hatte, stehen zu bleiben und den anderen zu küssen. Es regnete, wir waren sechzehn und das wiedervereinigte Deutschland erst ein paar Jahre alt. Nichts war mehr so wie vor dem Mauerfall. Rasend schnell hatte sich das Leben für alle verändert. Ein ganzes Land schien von einer Regionalbahn in einen Hochgeschwindigkeitszug umgestiegen zu sein. Rechts und links flogen neue Landschaften vorbei, während die alte rasch außer Sichtweite geriet. Nur wenn Christof und ich zusammen waren, stand die Zeit für einen Moment still. Dann zerfiel die Gegenwart nicht in zwei Hälften, sondern ergab eine Linie, die das Gestern mit dem Heute verband. Vielleicht war das nur mir so vorgekommen. Und wirklich anhalten konnten wir die Zeit genauso wenig wie die Menschen um uns herum. Irgendwann trieben er und ich in unterschiedliche Richtungen auseinander. Ich wurde Übersetzerin, er Journalist. Wenn sich unsere Wege später kreuzten, und das taten sie hin und wieder, fühlte es sich für mich jedes Mal an, als ginge es noch immer darum, wer von uns beiden als Erster stehen bleiben und die Zeit für einen Moment anhalten würde. Nie verloren wir uns aus den Augen, aber ein Paar wurden wir auch nicht.

Er sah mich nicht, als ich zur Tür hereinkam. Es war Samstagabend und die Bar schon gut gefüllt. In meinen ersten Berliner Jahren war ich oft im Hackbarth's gewesen. Jetzt kam ich seltener her, aber hier sah es immer noch so aus wie damals. Die gleichen alten Holztische, die lange Messingtheke, die gleichen Drinks auf der Karte. Dass die Karawane des Berliner Partybetriebs längst weitergezogen war, hatte der Bar nichts anhaben können. Im Gegenteil, mit der Zeit hatte sie eine gewisse Grandezza entwickelt. Ich ging um ein paar Leute herum auf Christof zu. Aber erst als ich schon fast bei ihm war, schaute er in meine Richtung und hob kurz die Hand. Er hatte seine Jacke über den Barhocker neben ihm gelegt, um den Platz für mich freizuhalten. Jetzt nahm er sie herunter und hängte sie an einen der Haken unter dem Tresen. Ich war überrascht, wie wenig er sich verändert hatte. Immer sah er aus, als käme er irgendwo her, wo das ganze Jahr die Sonne scheint, etwas gebräunt, leger gekleidet, rauchend. Wann waren wir uns eigentlich zuletzt begegnet? Würde er auch von mir denken, dass ich mich kaum verändert hatte?

Es war ein langer Tag gewesen. Normal, aber lang. Ein Familiensamstag eben. Ich hatte mich verspätet, weil beim Abendessen alle Nachschlag wollten, Anna und Robert sich danach weigerten, den Tisch abzuräumen und Pauls Zahnbürste in die Toilette gefallen war. Es gab noch mehr Gründe, aber schon diese kleine Auswahl sagte mir, dass sie völlig ungeeignet waren, um meine Verspätung einem Mann zu erklären, der keine Kinder hatte und dessen Beziehungen eher kürzer als länger dauerten. Was auch immer das hieß. Aber ich glaubte, dass sich Christof ein Leben, wie ich es führte, nicht im Geringsten vorstellen konnte. Und im Grunde ging es mir mit seinem Leben genauso.

Am allerwenigsten konnte ich ihm allerdings davon erzählen, dass ich länger als gewöhnlich vor dem Spiegel gestanden hatte. Während Daniel die Küche aufräumte und so tat, als hätte er vergessen, dass ich mich später mit einem alten Freund traf, nahm ich mal diesen und mal jenen Pullover aus dem Schrank, wechselte zweimal die Jeans und entschied mich am Ende für eine dunkelgrüne Strickjacke und eine schwarze Hose. Obwohl ich sehr gut darin aussah, war ich mir lächerlich vorgekommen. Denn ich wusste, dass ich den ganzen Aufwand nur betrieb, damit es wirkte, als hätte ich mir keine Gedanken über mein Aussehen gemacht. In Wahrheit aber dachte ich ununterbrochen darüber nach, was Christof denken würde, wenn ich zur Tür hereinkam. Dass er in diesem Moment gar nicht zu mir herübergesehen hatte, machte die Prozedur jetzt, da ich ihm gegenüberstand, noch ein wenig peinlicher als sie mir zu Hause vor dem Spiegel ohnehin schon gewesen war. Beinahe hätte ich doch wieder abgesagt. Aber so kurzfristig wäre mir auch das peinlich gewesen. Also hatte ich Mantel, Mütze und Schal gegriffen, den Kopf nur kurz zur Küchentür hineingesteckt und war zur Haltestelle gelaufen, um mit der Straßenbahn von Prenzlauer Berg nach Mitte zu fahren.

Es schien Christof nicht zu stören, dass er auf mich hatte warten müssen. Er stand kurz auf, nahm mich leicht in den Arm und hängte dann meinen Mantel neben seine Jacke unter den Tresen. Vielleicht war er mit seinen Gedanken gerade noch ganz woanders gewesen. Zur Begrüßung tauschten wir nur ein paar Floskeln aus. Dann bestellten wir uns etwas zu trinken und ich versuchte den Gedanken, dass ich Daniel nichts von meinem Abend mit Christof und Christof nichts von meinem Leben mit Daniel erzählen würde, abzuschütteln.

Eigentlich kannten wir uns gar nicht mehr. Obwohl mir sein Gesicht mit den dunklen Augen vertraut vorkam, war er längst zu einem anderen geworden. Genau wie ich nicht mehr die war, die er einst kannte. Was uns verband, waren unsere Erinnerungen. Daran, wie wir uns zwischen den Hochhäusern, in denen wir aufgewachsen waren, zum ersten Mal küssten und nicht nur wir, sondern auch sie, die Hochhäuser, ein wenig verloren in der Nachwendelandschaft herumstanden. Daran, wie wir uns auf dem Schulhof Blicke zuwarfen und dann in unsere Klassenzimmer gingen, um die Geschichte eines neuen Landes zu lernen, das nun unseres sein sollte. Daran, wie wir uns manchmal sehr alt vorkamen, weil bereits ein Leben hinter uns zu liegen schien, obwohl wir doch noch sehr jung waren und das ganze Leben vor uns hatten. Daran, dass es oft umgekehrt gewesen war: Nicht er hatte auf mich gewartet, sondern ich wartete immer auf ihn.

Christof war der unzuverlässigste Mensch, den ich kannte. Jetzt musste ich innerlich darüber lachen. Damals hatte es mich gekränkt, dass er unsere Verabredungen, wenn auch nicht vergaß, so doch viel weniger ernst nahm als ich. Vielleicht, weil er alles viel weniger ernst nahm als ich. Wenn ich darauf wartete, dass er an meiner Haustür klingelte oder ich das Geräusch seines alten knatternden Mopeds unten auf der Straße hörte, versuchte ich mich abzulenken. Es gelang mir nie. Später, als wir anfingen, abends auszugehen, tauchte er manchmal erst nach Stunden in dem Klub auf, in dem wir verabredet waren. Meine Enttäuschung verbarg ich stets hinter einer burschikosen Fassade. Was hätte ich auch sonst tun sollen, in einer Zeit, in der die meisten Regeln ihre Gültigkeit verloren. Was waren schon ein paar Minuten, Stunden, halbe Tage, wenn ein neues Zeitalter begann und keiner mehr recht zu wissen schien, was richtig und was falsch war.

Nur ein einziges Mal hatte ich meinem Ärger freien Lauf gelassen, als er sich verspätete. Auch darüber musste ich jetzt, auf dem Barhocker im Hackbarth's sitzend, lachen, nicht nur innerlich. Und Christof, der gerade gesagt hatte, dass er erst heute Morgen aus Argentinien gekommen war, sah mich fragend an. Fast hätte ich vergessen, dass wir uns erst seit ein paar Minuten gegenübersaßen, und zu ihm gesagt: Erinnerst du dich noch an den Abend, als ich dir in dem Klub in der Arthur-Hoffmann-Straße meinen Drink über das Hemd gekippt habe? Aber dann fand ich es unpassend, das

Gespräch mit etwas Verschüttetem zu beginnen und sagte stattdessen: „Argentinien! Wie schön!"

Vielleicht erinnerte er sich auch gar nicht mehr an jenen Abend oder daran, dass ich immer auf ihn gewartet hatte. Vielleicht dachten wir an das, was wir gemeinsam erlebt hatten, auf ganz unterschiedliche Weise zurück, und es waren nicht die Erinnerungen, die wir teilten, sondern ein Ort und eine Zeit, die mehr als vieles andere Spuren in unserem Leben hinterlassen hatten. Gern hätte ich diesem Gebilde aus Raum und Zeit einen Namen gegeben. Doch weder Kindheit noch Heimat noch Zuhause schien das richtige Wort dafür zu sein. Und auch Christof und ich suchten nun schon eine Weile nach den richtigen Worten füreinander. Hätte er nicht in einem Nebensatz das ehemalige Sportlerheim erwähnt, wären wir wohl nach einer halben Stunde wieder auseinandergegangen.

Vor der Wende war das Sportlerheim in unserem Viertel so etwas wie eine Institution gewesen. Wenn Schul- oder Betriebssportfeste stattfanden, nach den Kundgebungen am 1. Mai der unterhaltsame Teil begann oder Brigaden Frauentag feierten, trafen sich die Leute in dem langgestreckten Flachbau auf dem Gelände des Sportplatzes. Die Einrichtung war spartanisch. Je nach Anlass wurden die hellbraunen Tische und Stühle einzeln oder in langen Reihen aufgestellt. Es gab einen Tresen, an dem man Bockwurst, Limonade und Bier, manchmal auch Soljanka kaufen konnte. An der Decke hingen lange Neonröhren und der Fußboden war mit Linoleum ausgelegt. Die Eingangstür hatte eine gelbe Glasfassung, die erneuert werden musste, als Christof einmal mit einem Fußball dagegenschoss. Damals kannten wir uns noch nicht oder jedenfalls nicht näher, alle kannten sich im Viertel ja irgendwie. Lachend erzählte er mir von dem Ärger, den er an jenem Tag mit seiner Mutter bekam, vor der er das Malheur hatte verbergen wollen. Aber natürlich hörte sie in der Apotheke, in der sie arbeitete und die ebenso wie das Sportlerheim eine Art Institution unseres Viertels war, als Erste davon. Normalerweise schoss Christof Tore. Mit seiner Mannschaft nahm er an den Fußballturnieren teil, die das Sportlerheim veranstaltete. Dann stand, genau wie zur Kindertagsfeier am 1. Juni, ein großer Bratwurstgrill vor dem Flachbau und am Tresen gab es Softeis. Immer mehr Begebenheiten fielen Christof und mir ein, die sich im und um das Sportlerheim abgespielt hatten, alle zählten wir sie auf, bis wir bei jenem Abend ankamen, an dem ich dort meinen ersten Auftritt als Wichtel absolvierte.

*

Ich stand an der Hand meines Vaters vor dem hell erleuchteten Sportlerheim, und die Stimmen der vielen Menschen, die drinnen bereits an den Tischen saßen und auf uns warteten, drangen bis nach draußen. Zum ersten Mal trug ich mein Wichtelkostüm. Meine Mutter hatte es aus demselben roten Stoff geschneidert, aus dem auch das Kostüm meines Vaters war. Voller Vorfreude hatte ich ihr dabei zugesehen, wie sie die Stoffbahnen zurechtschnitt, mit kleinen Nadeln absteckte und die einzelnen Teile dann zusammennähte. Ich liebte das surrende Geräusch ihrer Nähmaschine. Ab und zu hielt sie inne, betrachtete die langen, geraden Nähte und strich mit den Händen darüber. Sie hatte schöne Hände. Ob sie sich damals auch danach sehnte, dass die Welt um sie herum allmählich zur Ruhe kam, während mein Vater und ich ungeduldig darauf warteten, als Weihnachtsmann und Wichtel losziehen zu können? Das Schneidern hatte sie sich selbst beigebracht. Sie wollte Kleider tragen, die anders aussahen als die ihrer Kolleginnen und Freundinnen. „Was es nicht gibt, muss man selber machen", sagte sie immer. Viele sagten und taten das. In meiner Erinnerung war die DDR voller selbstgemachter Dinge, auch zu Weihnachten. Selbstgebaute Puppenhäuser, selbstgeschnitzte Räuchermännchen, selbstgestrickte Mützen und Handschuhe, die als Geschenke auf dem Gabentisch lagen. Als das Kostüm fertig war, durfte ich es anprobieren. Stolz betrachtete ich mich im Spiegel. Sogar einen kleinen Bart hatte sie aus Watte hergestellt. Ich sah aus wie die Miniausgabe meines Vaters. Nur die Ärmel waren etwas zu lang gewesen. „Da wächst sie rein", hatte er sich aus dem Hintergrund vernehmen lassen. Aber meine Mutter meinte, davon würde er nun wirklich nichts verstehen und kürzte die Ärmel.

Es war eine dieser Brigadeweihnachtsfeiern, wie sie für die Vorweihnachtszeit typisch waren. Oft fanden sie in den Betrieben selbst statt, den Speisesälen oder Gesellschaftsräumen, manchmal aber auch in Clubhäusern oder Einrichtungen wie dem Sportlerheim. Weil mein Vater nun schon einige Jahre als Weihnachtsmann unterwegs war und als äußerst zuverlässig galt, häuften sich auch die Anfragen von Brigadevorsitzenden. Wie sich herausstellen sollte, steigerte meine Anwesenheit als Gehilfe seine Attraktivität gegenüber anderen Weihnachtsmännern sogar noch. Das wusste ich damals natürlich nicht. Denn ich war ja neu in dem Geschäft und glaubte, mein Vater sei der einzige Weihnachtsmann in Leipzig, wenn nicht gar in der ganzen DDR. Heute wollten nur noch wenige diese Aufgabe außerhalb der Familie übernehmen, das wusste ich seit Kurzem aus eigener Erfahrung. Sogar Studenten wurden per Anzeige in der „Berliner Zeitung" für den Job als Weihnachtsmann gesucht, hundert Euro den Abend. Damals gab es außer meinem Vater auch noch andere Freizeitweihnachtsmänner. Allerdings nicht in unserem Viertel. Da gab es nur den einen, der nun, wenn man das so sagen konnte, sein Geschäftsmodell mit mir als Wichtel erweitert hatte.

Plötzlich ging die Tür auf, eben jene mit der gelben Glasfassung, eine Frau kam heraus und stellte uns einen großen Sack vor die Füße. Erst klopfte sie meinem Vater und dann mir auf die Schultern, sagte toi, toi toi und war wieder verschwunden. „Die Chefin!", meinte mein Vater und hob den Sack kurz an, um sein Gewicht zu prüfen. Ich hatte Lampenfieber. Um mich abzulenken, hatte ich schon mehrere Male die Buchstaben in dem Wort Sportlerheim gezählt. Es stand in Schreibschrift auf einem Schild über dem Eingang. Niemand sollte meine Aufregung bemerken, am allerwenigsten mein Vater. Ohnehin wäre es zu spät gewesen, um einen Rückzieher zu machen. Mit ein paar geübten Griffen hatte er sich den Sack auf den Rücken geworfen und klopfte nun kräftig an die Tür. Das Stimmengewirr dahinter ebbte ab und jemand rief laut „Herein!". Wir betraten den Raum und für einen Moment war ich überwältigt.

Im grellen Neonlicht saßen etwa siebzig Frauen und Männer, die uns erwartungsvoll ansahen. Sie hatten sich herausgeputzt, trugen helle Blusen und Hemden. Manch einer hatte eine Krawatte umgebunden. Andere waren beim Friseur gewesen. Die zu einem großen U aufgestellten Tische waren mit weißen Tischtüchern bedeckt, auf denen frisches Tannengrün lag. Bei unserem Anblick machte sich Aufregung breit. Nie hätte ich gedacht, dass sich Erwachsene in Gegenwart des

Weihnachtsmannes genauso benahmen wie Kinder. Dass auch das eine oder andere Bier, die eine oder andere Spirituose, die man sich bereits genehmigt hatte, für die gehobene Stimmung sorgte, wusste ich damals natürlich noch nicht. Langsam gingen wir in die Mitte des Raumes. Mein Vater mit seinen großen Schritten, ich mit meinen kleinen. Dort ließ er den Sack vorsichtig von seinem Rücken gleiten, und wir stellten ihn gemeinsam auf dem Boden ab. Das hatten wir vorher so ausgemacht. Teamwork, wie mein Vater sagte. Ich konnte mich nicht erinnern, ob man dieses Wort damals schon gebrauchte. Aber mein Vater sagte oft Dinge, die andere Leute nicht sagten. Was seine Begrüßung als Weihnachtsmann betraf, blieb er allerdings traditionell. Es waren dieselben Worte, mit denen er auch mich jedes Jahr zu Hause begrüßt hatte, dieselben Worte, die auch ich vor ein paar Tagen im Kindergarten aufsagte: „Von drauss' vom Walde komm ich her; ich muss euch sagen, es weihnachtet sehr!"

Mein Vater war kein großer Mann. Er hatte keine laute Stimme. Es kam ihm auch nicht darauf an, im Mittelpunkt zu stehen, aber eine Bühne wusste er zu nutzen. Rasch hatte er einen Mann ganz am Ende des Tisches ins Visier genommen, der im Gegensatz zu den meisten anderen skeptisch dreinblickte. Gerade als mein Vater mich bat, den Sack mit den Geschenken zu öffnen, war der Mann aufgestanden und wollte hinausgehen.

„Meister“, rief ihm mein Vater quer durch den Raum zu, „überleg dir unterwegs schon mal ein Gedicht.“ Gelächter ringsum. Und auch der Mann lachte und blieb. „Die Miesepeter immer zuerst ansprechen“, sagte mein Vater später auf dem Heimweg zu mir, „die brauchen Aufmerksamkeit.“ Dann holte er das erste Geschenk hervor und wandte sich an die Frau, die er vorhin als Chefin bezeichnet hatte. Sie könne doch sicher ein Weihnachtslied vortragen. Es war die Brigadevorsitzende und die müssen, wie mein Vater meinte, immer mit gutem Beispiel voranschreiten. Und so ging es weiter. Wer nicht singen konnte, musste einen Vers aufsagen. Darauf bestand mein Vater. Die meisten sangen „O Tannenbaum“, manche „Leise rieselt der Schnee“ und einer „O du lieber Augustin“. Das war zwar kein Weihnachtslied, aber mein Vater ließ es durchgehen, weil er wusste, dass es immer einen Spaßvogel gab, der aus der Reihe tanzen musste.

Ich lief zwischen den Leuten hin und her und übergab ihnen die Geschenke. Sie waren alle in dasselbe Papier eingewickelt. Einige dufteten nach Florena, der Seife, die bei uns zu Hause im Bad lag, andere nach den Räucherkerzchen, die mein Vater zu Weihnachten in den Treppenaufgang stellte, um den Feuerwehrmann zu ärgern. Aber vielleicht war auch überall das Gleiche drin. Das wusste ich nicht mehr genau. Es schien auch nicht wichtig zu sein. Die Leute legten die Päckchen vor sich auf den Tisch, bestellten sich nach ihren mehr oder weniger gelungenen Beiträgen noch etwas zu trinken und prosteten sich gegenseitig zu. Als der Sack leer war, wünschten wir allen eine schöne Weihnacht und verabschiedeten uns mit den Worten: „Bis zum nächsten Jahr!“ Auch das hatten wir vorher so ausgemacht. Der miesepetrige Mann geleitete uns freundlich zur Tür und zündete sich draußen eine, wie er sicherlich selbst fand, wohlverdiente Zigarette an. Ich lief an der Hand meines Vaters über den dunklen Sportplatz nach Hause und war glücklich.

*

Noch heute sagten die Leute Sportlerheim zu dem langen, flachen Gebäude, obwohl der alte Schriftzug nach der Wende abmontiert wurde und es seit Jahren Waldschlösschen hieß. Während mein Vater nach der Umbenennung nie wieder einen Fuß hineinsetzte, weil er beschlossen hatte, sich kein X für ein U vormachen zu lassen, hatte der Feuerwehrmann dort kürzlich die Hochzeit seiner jüngsten Tochter gefeiert. Christofs Mutter war dabei gewesen und hatte ihrem Sohn hinterher am Telefon vorgeschwärmt, wie die Nachzüglerin der Naumanns sich herausgemacht hatte. Sie war im Jahr des Mauerfalls geboren und der letzte Versuch des Feuerwehrmanns, einen Sohn zu zeugen. „Wie früher“, hätte Christofs Mutter etliche Male zu ihm gesagt und jeden einzelnen Gast mit Namen aufgezählt. Es waren die Namen von Leuten aus unserem Viertel, die Christof nun für mich noch einmal wiederholte. Es waren die Namen derer, die geblieben waren, während unsere Namen an dem Ort, an dem wir aufgewachsen waren, fehlten.

Christofs Mutter war eine kleine, resolute Person, die ich sofort wieder vor Augen hatte, als er von ihr erzählte. Etwas Rastloses lag in ihrem Wesen, ohne die Verbissenheit, zu der manche neigten. Nach der Wende übernahm sie die Apotheke, in der sie früher schon gearbeitet hatte, als Eigentümerin. Voller Elan stand sie noch immer hinter der Verkaufstheke. Am Wochenende vermisste sie ihren Sohn. Dann telefonierten sie regelmäßig, und einmal im Jahr, zu Weihnachten, fuhr er sie besuchen. Nie hatte sie zu ihm gesagt, dass sie die Entfernung durchs Telefon hören könnte. Im Gegensatz zu meinem Vater wurde sie offenbar gern aus der Ferne angerufen. Aber es schmerzte sie, dass ihr Sohn nach der Wende fortgegangen war. So wie es meine und viele andere Eltern schmerzte, dass ihre Kinder im Westen oder im Ausland ihr Glück gesucht und oft auch gefunden hatten.

Damals kamen unserem Viertel die Kinder und auch die Lebendigkeit jener Orte wie die des Sportlerheims abhanden. Als die ehemaligen Betreiber Mitte der neunziger Jahre auch in den Westen gingen, wurden an den Fenstern, vor denen ich einst als Wichtel gestanden hatte, die Rollläden heruntergelassen und die gelbe Glastür mit einer Holzplatte vernagelt. Längst waren die Brigaden verschwunden und mit ihnen die Brigadeweihnachtsfeiern. Auf dem Sportplatz gab es keine Fußballturniere und Kindertagsfeiern mehr. Bald stand das Gras einen halben Meter hoch, weil niemand mehr Zeit hatte, dort im Sommer den Rasen zu mähen. Nach ein paar gescheiterten Versuchen von Anwohnern, Kredite zu bekommen, um das Sportlerheim wieder instand zu setzen, kaufte es schließlich jemand aus Stuttgart und ließ es nach baden-württembergischem Vorbild renovieren. Nun standen Brezeln und Maultaschen auf der Karte. Auf dem Sportplatz konnte man Minigolf spielen. Gerne wurden Buchungen für Familienfeste angenommen.

Vielleicht hätte seine Mutter mit ihrem schwärmerischen Bericht über die Hochzeit auch herausfinden wollen, ob er dort, wo er jetzt lebte, eine Freundin hatte, sagte Christof leichthin. „Und, hast du?“, rutschte es mir heraus. Christof schaute mich an wie damals, als mein Drink auf seinem Hemd landete: erstaunt, belustigt und ratlos. Dann begann er zu lachen. Es war ein unbekümmertes, lautes Lachen, das ein bisschen dröhnte. Und mir fiel auf, wie gern ich ihn lachen sah. Schon früher strahlte dabei sein ganzes Gesicht. Irgendwann stimmte ich in sein Lachen ein, so wie ich es auch an jenem Abend vor vielen Jahren in dem Club in der Arthur-Hoffmann-Straße getan hatte. Meine Frage ließ er unbeantwortet. Und weil ich mich in meiner Neugier ertappt fühlte und mein Unbehagen überspielen wollte, fragte ich ihn, ob er zu Weihnachten immer noch als Josef auftreten würde.

Natürlich war das nur ein Scherz und ich wusste, dass er längst nicht mehr beim Krippenspiel mitmachte. Aber einmal waren wir uns am Heiligabend zwischen den Hochhäusern begegnet. Er als Josef und ich als Wichtel verkleidet. Er an der Hand seiner Mutter, ich an der meines Vaters. Selbstverständlich war mein Vater für einen Moment stehen geblieben und hatte in seiner Rolle als Weihnachtsmann ein paar Worte mit ihnen gewechselt. Christofs Mutter war ziemlich schlagfertig und brachte ihn ganz schön ins Schwitzen. Das geschah nicht oft. Währenddessen hatten Christof und ich einander neugierig angesehen. Erst später, als er mir einmal davon erzählte, dass auch sie, genau wie mein Vater und ich, zu Weihnachten immer unterwegs gewesen waren, wurde mir klar, wer an jenem Abend unter dem großen Hut hervorgelugt hatte. Wenn wir am späten Nachmittag durch unser Viertel zogen, gingen sie ins Gemeindehaus. Christofs Mutter sang dort im Kirchenchor. Sie war zwar klein, hatte aber eine kräftige und tiefe Stimme, die sowohl im Chor als auch sonst in der Gemeinde Gewicht hatte. Und

Christof spielte von klein auf im Krippenspiel mit, anfangs einen der Hirten, bei unserer Begegnung hatte er sich offenbar bis zum Josef vorgearbeitet.

Nie überbrachten wir ihnen die Geschenke. Nie gingen wir ins Gemeindehaus. „Wir haben zu Weihnachten Wichtigeres zu tun, als alte Geschichten aufzuwärmen", sagte mein Vater, wenn wir auf unserer Tour an dem schönen, schlichten Bau vorüberkamen. Er stand im älteren Teil unseres Viertels, den es schon gegeben hatte, bevor die Hochhäuser gebaut wurden. Mildes Licht fiel durch die hohen Fenster. Drinnen sangen die Menschen „Stille Nacht, heilige Nacht". Sicher wurden auch andere Lieder gesungen, aber der Moment, in dem ich dieses Lied eines Abends dort auf der Straße hörte, blieb mir lange in Erinnerung. Es war ein wunderbarer Gesang. Durch die geschlossenen Fenster und Türen klang er wie von Ferne her, und doch hüllte er mich ganz und gar ein. Es war dunkel. Kein Mensch außer meinem Vater und mir unterwegs. Wenn wir unter einer Laterne hindurchliefen, sah ich unsere Schatten auf dem Gehweg. Ein großer und ein kleiner Weihnachtsmann. Das Lied begleitete uns bis zur nächsten Straßenecke. Und wenn ich mich recht erinnerte, war mein Vater dort kurz stehen geblieben und hatte gewartet, bis es zu Ende war. Erst danach setzten wir unseren Weg fort, um an die nächste Tür zu klopfen.

Mein Vater ging auch sonst nicht zur Kirche. Nicht mehr, musste man wohl richtigerweise sagen. Denn in seiner Jugend im Erzgebirge war er sehr wohl in der Gemeinde gewesen, war getauft worden, hatte an Christenlehre und Konfirmation teilgenommen. Aber dann überzeugte ihn die Idee nicht mehr, wie er sagte. Er war ein Fan von Höhen und Tiefen, Längen und Breiten. Seine Kindheit war geprägt von der Raumfahrt. Natürlich auch von der Nachkriegszeit und dem frühen Tod des Vaters. Damals spielte der Glaube noch eine Rolle für ihn. Aber die Raumfahrt war dafür verantwortlich, dass unvorstellbare Entfernungen vorstellbar wurden. Als junger Mann hatte er den Flug von Sigmund Jähn miterlebt. Der erste Deutsche im All war „einer von uns", sagte mein Vater gern. Damit meinte er, dass Jähn ebenfalls Bürger der DDR war, eines kleinen Landes, aus dem man normalerweise nicht herauskam. Umso wichtiger war der Blick für das Große und Ganze, wie mein Vater meinte. Oft fragte er mich völlig aus dem Zusammenhang gerissen nach den Höhen von Bergen, Längen von Flüssen, dem Umfang der Erde, der Entfernung bis zum Mond oder der Sonne. Noch heute weiß ich, dass Jähn 125-mal die Erde umkreist hatte. Gott dagegen war nicht messbar. Das war wohl einer der wenigen inneren Konflikte, die mein Vater mit sich herumtrug. Ein Spagat sozusagen. Während er ein Faible für so etwas Mysteriöses wie den Weihnachtsmann hatte, erschien ihm Gott irgendwie zu undurchsichtig. Nicht greifbar. Sicher war es komplizierter, aber die meisten Dinge waren komplizierter.

Dass mein Vater nicht mehr in die Kirche ging, hieß nicht, dass ich in der DDR nie eine Kirche von innen sah. Wenn wir am zweiten Weihnachtsfeiertag ins Erzgebirge fuhren, gingen wir, meine Mutter, ich und meine Großmutter, in die Dorfkirche, in der mein Vater getauft worden war. Sie war winzig klein, nur etwa vierzig Leute passten hinein. Nach dem Gottesdienst stand der alte Pfarrer am Eingang und gab jedem die Hand. Mein Vater, der ihn von klein auf kannte, blieb zu Hause und las Zeitung, obwohl ihn die Ideen, die er darin fand, auch nicht mehr überzeugten. Damals dachte ich, es wäre ihm lieber gewesen, wenn auch wir nicht zum Gottesdienst gegangen wären. Aber vielleicht war er auch froh darüber, musste er doch auf diese Weise nicht ganz mit seinem Glauben brechen. Nur so machte seine spätere Behauptung, wir seien früher in die Kirche gegangen, irgendwie Sinn. Auch nach der Wende hatte er sich nie so weit von seiner Heimat entfernt wie einst Sigmund Jähn, aber das Große und Ganze der Welt war wieder näher gerückt und damit vielleicht auch der Glaube an Gott.

*

Im Hackbarth's wurde die Musik lauter und die Tische leerten sich. Christof nahm meinen Mantel von dem Haken unter der Theke und hielt ihn mir mit einer einladenden Geste entgegen. Ich wandte ihm meinen Rücken zu und fuhr mit den Armen hinein. Für einen Moment stand er dicht hinter mir. So war es auch bei unserer letzten Begegnung gewesen. Das fiel mir jetzt wieder ein. Damals hatte ich Leipzig schon lange verlassen, war gerade aus New York zurückgekommen und lebte in Frankfurt am Main. Christof war auf der Durchreise gewesen und wir verbrachten den Abend in meiner Lieblingsbar. So etwas hatte ich damals in jeder Stadt, in der ich wohnte, eine Lieblingsbar braucht man in fremden Städten. Als wir von dort aufbrachen, hatte er mir den Mantel genauso aufgehalten wie gerade eben und sich dabei dicht hinter mich gestellt. Ich spürte die Wärme und den Geruch seines Körpers, der sich seit jenem Nachmittag zwischen den Hochhäusern in mir eingeschrieben hatte. Dann waren wir am Main entlanggelaufen, und irgendwann blieb einer von uns stehen und wir küssten uns. Am nächsten Morgen sagte er zu mir, dass er schon lange nicht mehr so viel an Leipzig denken musste wie in der letzten Nacht, aber zurückkehren könnte er nicht.

Seine Stadt wäre ihm fremd geworden, sagte er damals. Schicht für Schicht hätte sich über die alten Orte gelegt. Oder sie wären ganz verschwunden. Christof war länger und öfter als ich nach Leipzig zu Besuch gefahren. Immer wieder hatte er versucht, dort einen Job zu finden, was zu jener Zeit so gut wie unmöglich gewesen war. Er pflegte seine alten Freundschaften und spielte weiterhin Fußball. Nicht mehr auf dem Gelände vor dem Sportlerheim, aber immer noch mit seiner ehemaligen Mannschaft. Anders als ich hatte er nicht versucht, eine Verbindung zwischen Vergangenheit und Gegenwart herzustellen, sondern in den Orten und Menschen das gesucht, was sie einmal gewesen waren. Irgendwann hatte einer seiner alten Kumpels ihn als Wessi bezeichnet und er hatte nicht wie die anderen in der Runde darüber lachen können. Da verstand er, was alle außer ihm schon zu wissen schienen, er war in seiner Heimatstadt ein Fremder geworden. Und dann hatte er sich von ihr losgerissen. Um seinen Erinnerungen zu entkommen, war er immer weiter in die Ferne gezogen. Seine Gegenwart musste sich weit weg ereignen, damit er nicht mehr spürte, dass er weder dort, wo sich seit dem Mauerfall alles verändert hatte, noch da, wo alles so geblieben war wie vorher, zu Hause war. „Ich kann nicht mehr in Deutschland leben“, hatte er an jenem Morgen in Frankfurt zu mir gesagt. Dann war er zum Flughafen gefahren, und ich hatte mehr geahnt als tatsächlich gewusst, dass die Zeit nicht mehr stehen bleiben würde, wenn wir uns das nächste Mal begegneten.

Das war lange her. Ob Christof noch wusste, was er damals zu mir gesagt hatte und dass es ein Abschied gewesen war, obwohl es ihm selbst vielleicht gar nicht so vorgekommen sein mag? Und auch mir war erst heute Abend klargeworden, dass unsere Wege sich an jenem Morgen in Frankfurt endgültig getrennt hatten. Nicht, weil er zum Flughafen gefahren war, sondern weil unsere Liebe, so es denn eine gewesen war, zwischen unserer Vergangenheit und unserer Gegenwart keinen Ort finden konnte, an dem sie hätte Wurzeln schlagen können. So wie wir selbst damals noch keinen Ort gefunden hatten, um neue Wurzeln zu schlagen. Die Suche danach führte Christof immer weiter weg von Deutschland und mich nach Berlin. Jede unerfüllte Liebe hinterlässt eine Wunde. Vielleicht hatte ich befürchtet, sie würde aufbrechen, wenn wir uns wiedersahen, und deshalb oft abgesagt, wenn kurz vor Weihnachten eine von Christofs Mails kam. Aber die Wunde war mit den Jahren offenbar vernarbt und nun wusste ich, dass ich auch den Erinnerungen an unsere gemeinsame Zeit nicht mehr ausweichen musste.

Christofs Schritte entfernten sich auf der Straße vor dem Hackbarth's. Nein, er müsse nicht mit zur Haltestelle kommen, hatte ich zu ihm gesagt, als er mir anbot, mich noch ein Stück zu begleiten. Ich beschloss, zu Fuß nach Hause zu gehen, und lief zum Rosenthaler Platz, wo der Weg zum Prenzlauer Berg hinaufführte. In drei Tagen würde Christof nach Leipzig fahren. Wie jedes Jahr am Heiligabend würde er mit seiner Mutter ins Gemeindehaus gehen. Anders als die Fleischerei Mischke, die es schon lange nicht mehr gab, und das Sportlerheim, das heute Waldschlösschen hieß, stand das einfache klassizistische Gebäude nach wie vor in unserem Viertel, als würde es auch noch eine Wende überleben.

4

Der Rosenthaler Platz war so spät am Abend immer noch belebt. Eigentlich war er gar kein Platz, sondern eine große Kreuzung, an der ich zwischen ein paar jungen Leuten an der Ampel stehen blieb. Häuser ragten bis dicht an die Straßenecken heran. In einem war ein Hostel untergebracht, in einem anderen ein Fitnesscenter im ersten Stock und darunter eine Pizzeria, die vierundzwanzig Stunden geöffnet hatte. Autos fuhren vorbei, hupten, wenn sie die Spur wechselten. Eine Straßenbahn klingelte, weil jemand bei Rot über die Gleise gehuscht war. Aus der U-Bahn-Station kamen Menschen die Treppe hoch. Nichts erinnerte mehr daran, dass sie in den Jahren, als Berlin von einer Mauer in Ost und West geteilt wurde, geschlossen war. Erst 1989 öffnete man die Station wieder.

Schlechtes Timing, hatte mein Vater gesagt, als die Mauer fiel. Ich wusste damals nicht, ob er damit seinen eigenen Zeitplan oder den der anderen oder ganz allgemein die Weltgeschichte meinte. Vielleicht betraf seine Bemerkung auch den Feuerwehrmann und seine Frau, die ausgerechnet im Herbst 1989 noch ein Kind bekamen. Jedenfalls passte irgendetwas nicht zusammen. Natürlich fand er den Mauerfall gut. Wie die meisten anderen Menschen auch. Er hatte es satt, nachts in den

Betrieb gerufen zu werden, weil irgendwelches Material, auf das man wochenlang gewartet hatte, endlich angekommen war und schleunigst verarbeitet werden musste. Da wir kein Telefon besaßen, klingelte es dann oft in den frühen Morgenstunden an unserer Wohnungstür. Jemand aus der Gießerei war mit dem Auto zu uns nach Hause gefahren, um meinen Vater abzuholen, damit er in seiner Abteilung die Abläufe koordinierte. Es kostete ihn viel Kraft zu akzeptieren, dass er in einem so rückständigen Land lebte, in dem ihm die Dinge oft derart aus der Hand genommen wurden. Dass dieses Land vorgab, es wäre das beste aller möglichen und auf dem Weg, sich dabei noch selbst zu übertrumpfen, muss ihm damals vorgekommen sein, als wollte man ihm weismachen, dass es den Weihnachtsmann wirklich gab.

Anderseits: Als die Mauer fiel, bekamen meine Eltern einen Wartburg Kombi und für den nächsten Sommer einen Ferienplatz an der Ostsee. Beides war das Ergebnis langer Bemühungen. Viele Jahre im Voraus hatten sie dieses Auto bestellt, damit sie irgendwann von einem Trabant in die nächstgrößere Klasse umsteigen konnten. Für Ferienplätze an der See gab es lange Wartelisten, auf denen man wie in der Schlange vor der Fleischerei Mischke nur Stück für Stück vorankam. Plötzlich waren diese Bemühungen, wenn auch nicht nutzlos, so doch völlig sinnlos geworden. Bald würde man überall in den Urlaub hinfahren können.

Bald würden Autohändler an jeder Ecke alle möglichen Autos verkaufen. Von einem Tag auf den nächsten verloren die Dinge ihre Bedeutung. Die selbstgenähten Kleider meiner Mutter. Der Wohnzimmertisch, auf den mein Vater Fliesen geklebt hatte, um meiner Mutter eine Freude zu machen, weil sie sich einen Tisch mit Glasplatte wünschte. Die ungarischen Salamis, die er im Sommer in Zeitungspapier wickelte und abhängte, damit sie zu Weihnachten wie luftgetrocknet schmeckten. Der selbstgebaute Dachgepäckträger, der nicht nur auf den Trabant, sondern auch auf das Dach des neuen Autos passen würde.

Vielleicht hatte mein Vater all das für einen Moment vor Augen und geahnt, dass bald nichts mehr zusammenpassen würde, als wir die ersten Bilder von den geöffneten Grenzübergängen in Berlin im Fernsehen sahen. Außerdem, und das war aus seiner Sicht wirklich schlechtes Timing: Als die Mauer fiel, stand Weihnachten quasi vor der Tür. Sechs Wochen waren es vom 9. November bis zum 24. Dezember. In der Vorweihnachtszeit fuhren alle in den Westen. Mit ihrem Begrüßungsgeld kauften die Leute Dinge, die sie sich schon immer gewünscht hatten. Weihnachten fand in diesem Jahr also statt, lange bevor mein Vater und ich unsere Kostüme hervorgeholt und unsere Tour durch das Viertel begonnen hatten.

Ich war damals noch ein halbes Kind und freute mich darauf, es mir während unserer ersten

Fahrt in den Westen auf der Rückbank des neuen Wartburgs bequem machen zu können. Anders als viele meiner Klassenkameraden und ihre Eltern fuhren wir aber nicht gleich an einem der ersten Samstage, an denen wir schulfrei hatten, über die ehemalige Grenze. Er habe bisher nie in einem Stau gestanden und werde jetzt nicht damit anfangen, hatte mein Vater entschieden. Und wir fuhren auch nicht nach Berlin oder Bamberg, sondern nach Niedersachsen zu einer Brieffreundin meiner Mutter. Die langen Autoschlangen mit Trabis, die heute noch gezeigt wurden, wenn über die Grenzöffnung berichtet wird, kannte ich deshalb, genau wie den eigentlichen Mauerfall, nur aus dem Fernsehen. Als wir uns schließlich auf den Weg machten, waren die Straßen nicht mehr so voll, und als wir doch in einen Stau kamen, waren wir nur von Westautos umgeben. Die Menschen darin winkten uns freundlich zu, aber ich verkroch mich hinter den Scheiben unseres neuen Autos, das zwischen den schicken Flitzern wie ein lächerlich großer viereckiger Kasten aussah.

Wir wären im Westen eingefallen wie eine wilde Horde, hieß es später mitunter. Wir, das hieß auch: ich, mein Vater und meine Mutter. Aber schon damals war es mir vorgekommen, als sei nicht ich irgendwo eingefallen, sondern etwas fiel in mich ein. Erst durch die Scheiben des Wartburgs, dann in der kleinen niedersächsischen Stadt. Ich spürte die Unsicherheit meiner Eltern.

Sie wollten nichts falsch machen. Dabei betraten wir keinen anderen Planeten, sondern eine Stadt, die sehr viel kleiner war als Leipzig. Die Selbstverständlichkeit jedoch, mit der sich die Menschen um uns herum bewegten, machte sie, für die selbst dieser kleine Ort eine neue Welt darstellte, sofort zu Fremden. Damals gab ich meinen Eltern schon nicht mehr die Hand, wenn wir nebeneinander herliefen. Jetzt nahmen sie meine.

Später saßen wir im Haus der Brieffreundin an einem großen Tisch und aßen unseren mitgebrachten Christstollen. Meine Mutter und sie waren zusammen zur Schule gegangen. Kurz vor dem Mauerbau zog ihre Familie in den Westen. Auf einem Regal an der Seite stand eine lange Reihe erzgebirgischer Räuchermännchen, die meine Mutter ihr in den letzten knapp dreißig Jahre geschickt hatte, weil es sonst nichts gab, was die Brieffreundin nicht hatte. Ihre Kinder, eine Tochter und ein Sohn, Zwillinge, waren so alt wie ich. Ich durfte in ihrem Kinderzimmer übernachten. Es war randvoll mit Lego. Ich fühlte mich schon zu alt für die Plastiksteine, war aber fasziniert von den Häusern, Türmen, Fahrzeugen, Flugobjekten, Landschaften, die bis an die Decke zu reichen schienen.

Als wir nach Leipzig zurückkamen, fühlte sich der Einbruch des Neuen wie ein kurzer Ausflug an. Natürlich, die politischen Ereignisse überschlugen sich. Unser Land veränderte sich, Staats-

und Sicherheitsapparat fielen auseinander. Aber wie eh und je parkte mein Vater vor unserem Hochhaus zwischen den anderen Wartburgs, Trabis und Ladas. Herr Naumann, der Feuerwehrmann, fuhr sein neugeborenes Kind spazieren und Frau Naumann aus dem Erdgeschoss schaute lachend aus dem Fenster. Bald würden mein Vater und ich wie gewohnt unsere Runde drehen und den Leuten Geschenke bringen. Schlechtes Timing hin oder her, hatte er auf der Rückfahrt gesagt. Man dürfe sich jetzt nicht verrückt machen lassen und müsse Prioritäten setzen.

*

Hinter dem Rosenthaler Platz wurde die Straße ruhiger. Von den Fensterbrettern der Häuser fielen Tropfen auf den Gehweg. Es hatte angefangen zu tauen. Noch am Nachmittag waren Robert, Paul und Anna im Mauerpark Schlitten gefahren. Das weitläufige Gelände, das einst von der Berliner Mauer durchzogen wurde, besaß eine steile Böschung, zu der die Kinder mit ihren Schlitten liefen, sobald einmal genug Schnee gefallen war. Sie erinnerte mich an den kleinen Hügel, den ich früher mit meinen Freunden hinuntergerodelt war. Nicht weit entfernt von den Hochhäusern, ragte er ebenfalls aus einer parkähnlichen Anlage hervor. Es gab einige dieser Erhebungen im sonst flachen Leipzig. Und als ich meine Heimatkundelehrerin einmal fragte, was eigentlich unter dem Hügel war, hatte sie gesagt, der Zweite Weltkrieg. Natürlich meinte sie damit nur den Schutt und die Trümmer, die man auf den ehemaligen Halden entsorgt hatte. Aber damals glaubte ich, dass nicht weit von meinem Haus entfernt der Zweite Weltkrieg beerdigt worden war und wir auf seinem Grab Schlitten fuhren.

Auch unter der Böschung im Mauerpark lagen Kriegstrümmer. Viele Male seien sie den Berg, wie Paul sagte, hinabgefahren. Und ich hatte gewusst, wie es sich anfühlte, wenn man den Hügel erklommen hatte, Gesicht und Hände warm waren von der Anstrengung und man dann durch die kalte Luft nach unten sauste. Es kam nicht oft vor, dass es in Berlin schneite. Schon gar nicht zur Weihnachtszeit. Seit Jahren hatte es keinen Schnee am 24. Dezember gegeben. Umso mehr wünschten sich das alle. Das Bild einer weißen Weihnacht hatte in meinem wie in den meisten anderen Köpfen einen genauso festen Platz wie die Vorstellung, in den Tagen vor Heiligabend würde die Welt allmählich zur Ruhe kommen.

Nun aber schmolz der Schnee. Nichts dämpfte meine Schritte auf den Gehwegplatten. Bevor ich die belebte Kastanienallee erreichte, kam ich an einem großen, modernen Wohnblock vorbei, in dem sich ein Altersheim befand. Im Garten und auf der Terrasse vor dem Eingang war es dunkel, genau wie hinter den meisten Fenstern. Nur im

Gemeinschaftsraum lief noch der Fernseher. Ein großes Ungetüm. Viel größer als die Fernseher, die sich manche unserer Nachbarn damals von ihren ersten Reisen in den Westen mitbrachten. Aber selbst diese Modelle standen wie Fremdkörper in den Wohnungen, die mein Vater und ich am ersten Weihnachten nach dem Mauerfall betraten.

Ich konnte mich nicht mehr erinnern, ob sie zu klein oder zu groß für die Nische waren, die es für einen Fernseher in den Schrankwänden der DDR gab. Aber ihr Design fiel völlig aus dem Rahmen. Denn noch beherbergten die Wohnungen all die vertrauten Dinge aus den Jahren davor. Später hörte ich oft, dass es in der DDR überall gleich ausgesehen hätte. Aber wer wie mein Vater und ich bei den Leuten zu Hause gewesen war, wusste, dass das nicht stimmte. Selbst die Neubauwohnungen, die nicht viel Raum dafür ließen, waren sehr unterschiedlich eingerichtet. Mit Dingen, die es zu kaufen gab, aber auch mit Sachen, die die Menschen selber machten.

Während meine Mutter unser Sofa mit beigen Cord überzogen hatte, erwartete uns die Familie, bei der wir jedes Jahr unsere Runde begannen, auf einer dunkel- und hellbraun gemusterten Polstergarnitur. So sagte man damals zu den Ecksofas. Das Muster kannte ich auch aus anderen Wohnzimmern. Aber der Fußboden war hier mit Parkett ausgelegt. Eine Seltenheit. Über dem Esstisch hing eine ähnliche Lampe wie bei uns, nur waren die einzeln angeordneten Glaskugeln nicht weiß, sondern hellgelb. Die drei Kinder der Familie freuten sich immer besonders, wenn wir als Weihnachtsmann und Wichtel verkleidet zu ihnen kamen. Sie besaßen ein Aquarium. Während unserer Auftritte lenkte es mich manchmal ein wenig ab, weil es abends mattlila leuchtete und ich es sehr schön fand, wie die kleinen Fische in dem Licht schillerten. In jenem Jahr war es von seinem Platz verschwunden. Das hatte ich bei unserem Eintreten sofort bemerkt. Auf dem Tischchen, auf dem bisher das Aquarium stand, thronte nun der neue Fernseher aus dem Westen. Offenbar hatte die Familie sonst nicht gewusst, wohin mit ihm. In der Nische der Schrankwand stand noch der alte. Natürlich war auch meinem Vater die Veränderung aufgefallen. Deshalb fragte er die Kinder diesmal nicht, ob sie immer lieb gewesen waren, sondern ob ihre Fische genug zu essen bekommen würden. Zur Bestätigung führten sie uns ins Kinderzimmer, wo das Aquarium glücklicherweise ein neues Eckchen gefunden hatte, an dem es leuchten konnte.

Von Unvorhersehbarkeiten nicht aus der Fassung bringen lassen! Profis reagieren spontan! Als wir zur nächsten Wohnung liefen, freute sich mein Vater, dass die alten Regeln weiterhin funktionierten. Wie immer hörte uns das alte Ehepaar nicht gleich, als wir an seine Tür klopften. Beide waren weit über achtzig. Seit Jahren gingen wir am Heiligabend auch zu ihnen. Nicht, weil sie uns einen Sack mit Geschenken vor die Tür stellten, die wir überreichen sollten, sondern um ihnen für ein paar Minuten Gesellschaft zu leisten, da sie sonst niemand besuchte. Ihre Wohnung war noch mit Hellerau-Möbeln aus den fünfziger Jahre eingerichtet und ihr Radio genauso alt wie das meiner Großmutter. Ein hoher Kasten, auf den der Mann jedes Mal seine Hand legte, stolz, dass es immer noch seine Dienste tat und ihn, wie er meinte, auf dem Laufenden hielt. Als wir endlich eingelassen wurden und die Frau uns zu den beiden Sesseln führte, in denen sie und ihr Mann Hand in Hand Platz nahmen, empfing er uns mit einer Neuigkeit aus seinem Radio: Stücke der Berliner Mauer würden nun sogar als Weihnachtsgeschenke in Amerika verkauft. „Wer hätte das gedacht!“ Natürlich war er als Junge dabei gewesen, als amerikanische Soldaten im April 1945 Leipzig befreiten. Um die beiden herum standen eine Menge Grünpflanzen, deren Töpfe mit Netzen umhäkelt waren. Fast ging der kleine Weihnachtsbaum dazwischen unter. Aber wie immer bewunderten wir die roten Kugeln, auf die die Frau ebenso stolz war wie der Mann auf sein Radio. Zum Abschied überreichten wir ihnen die Plätzchen, die meine Mutter für sie mitgegeben hatte.

Ich fühlte mich damals in jeder Wohnung, in die wir kamen, wie zu Hause. So oft war ich mit meinem Vater in den vergangenen Jahren dort gewesen. Bei der Familie mit dem Aquarium, dem alten Ehepaar, einem Studentenpärchen mit Baby und vielen Bastmatten auf dem Fußboden oder einer Arztfamilie, in der die Mutter oft zu einem Notfall gerufen wurde. Immer stand ihr Arztkoffer neben der Tür bereit. Jedes Mal bewunderte ich die große Glasvitrine, hinter der ein Saftservice mit Jugendstilverzierungen stand. Die Wohnungen sahen so unterschiedlich aus wie die Menschen, die in ihnen wohnten. Aber alles war vertraut. Die Dinge waren wiedererkennbar, obwohl sie nicht gleich waren.

Wie sich im Laufe des Abends herausstellte, hatte mein Vater ganz umsonst gefürchtet, Weihnachten hätte im Jahr des Mauerfalls vorzeitig und ohne uns stattgefunden. Im Gegenteil, es war ein ganz besonderes Fest. Die Gesichter, in die wir damals blickten, strahlten Ruhe und Freude aus. Manchmal auch ungläubiges Staunen. Einige Familien hatten sich nach vielen Jahren der Trennung zum ersten Mal wiedergesehen. Es gab eine erste Amnestie für politische Häftlinge. Das Land und die Menschen waren in einer Aufbruchsstimmung, die noch durch nichts getrübt war. Die Verunsicherung, die das Neue mit sich brachte, glaubte man bewältigen zu können. Die Geschenke waren zahlreich. Das Geschenkpapier noch dasselbe. Man schmiss es nach dem Auspacken noch nicht weg, sondern glättete und faltete es zusammen für das kommende Jahr, wie man es immer getan hatte. Die Leute hatten sich mit ihrem Begrüßungsgeld Wünsche erfüllt und Fernseher, Jeans oder Walkmans aus dem Westen mitgebracht, all die anderen Dinge, die sie sich schenkten, hatten sie weit im Voraus gekauft. Weil sie nicht sicher sein konnten, dass es das, was ihre Lieben bekommen sollten, in den Geschäften der DDR kurz vor Weihnachten auch gab. So hatten sie es jedes Jahr und also auch im Jahr des Mauerfalls getan. Zum letzten Mal.

*

Ob im Altersheim, wo so spät am Abend noch der Fernseher lief, jemand Nachrichten schaute, um sich wie unser alter Nachbar mit seinem Radio auf dem Laufenden zu halten? Auch in den nächsten Jahren hatte er stets Neuigkeiten für uns parat, wenn wir ihn und seine Frau besuchten. Im Nachhinein kam es mir so vor, als hätte er darauf geachtet, dass sich gute und schlechte die Waage hielten. Hoffentlich schaute bei den alten Leuten dort im Gemeinschaftsraum auch ein Weihnachtsmann vorbei. Ich könnte mich ja einmal erkundigen, jetzt, wo ich meine Feuerprobe im Kindergarten bestanden hatte.

Der Gedanke überraschte mich und wäre mir wohl noch vor ein paar Tagen nicht in den Sinn gekommen. Nun aber fühlte sich die ganze Unternehmung schon nicht mehr so ungewohnt oder gar befremdlich an.

Trotzdem, eigentlich hatte ich nicht vorgehabt, das Kostüm meines Vaters noch einmal anzuziehen. Als mir klar wurde, dass Paul sich in diesem Jahr nichts sehnlicher wünschte als einen richtigen Weihnachtsmann, hatte ich meinen Vater angerufen. Ich wollte ihn fragen, ob er nach so langer Zeit bereit wäre, noch einmal seine alte Rolle zu spielen. Natürlich, es war ziemlich kurzfristig. Aber reagierten Profis nicht spontan? Den Telefonhörer am Ohr, war mir, während es am anderen Ende der Leitung klingelte, eingefallen, dass das Telefon meiner Eltern noch an derselben Stelle stand wie damals, als wir unseren ersten Anschluss bekamen. Es war ein paar Jahre nach dem Mauerfall und meine Eltern hatten, wie viele andere auch, angefangen, sich neu einzurichten. Im neuen Land, aber auch in unserer Wohnung. Wenn ich nachmittags aus der Schule nach Hause kam, war oft ein altes Möbelstück verschwunden und ein neues hinzugekommen. Eines Tages stand ein kleiner schmaler Beistelltisch im Wohnzimmer, auf dem seither das Telefon seinen Platz hatte. Er war aus demselben hellen Holz gefertigt wie die neuen Regale und Schränke. Das beige Cordsofa, die Lampe mit den weißen Glaskugeln und unsere alte Schrankwand gab es da schon nicht mehr. Auch meine Eltern hatten irgendwann einen Westfernseher gekauft. Zuallererst aber hatte meine Mutter die Gardinen im Wohnzimmer ausgetauscht.

Als ich mir noch einen Stuhl an dieses Fenster stellen und draufsteigen musste, um den Weihnachtsmann unten auf der Straße vor unserem Hochhaus näher kommen zu sehen, hatte ich die Gardine immer etwas zur Seite geschoben. An ihrem unteren Ende waren feine weiße Fäden als Schmuckkante angebracht. Während ich wartete, ließ ich manchmal meine Finger durch sie hindurchgleiten. Es hatte sich weich angefühlt, fast so, als würde man seine Hand in eine sanfte Welle halten. Aber meiner Mutter war diese Gardine nach der Wende altmodisch erschienen. „Alles hat seine Zeit", sagte sie damals oft. Sie war in die Stoffabteilung des Kaufhauses gegangen und hatte sich aus der großen Auswahl, die es nun gab, einen neuen Stoff ausgesucht. Immer noch schneiderte sie selbst, wenn auch keine Kleider mehr. Als die Stores, wie sie nun zu den Gardinen sagte, fertig waren, blickte sie zufrieden auf ihr Werk. Dass sich der neue Stoff ganz anders anfühlte als der alte, wäre mir sicher gar nicht aufgefallen, wenn ich nicht eines Abends wieder am Fenster gestanden hätte, um auf meinen Vater zu warten.

An jenem Heiligabend hatte mein Vater nachmittags einen Anruf erhalten und musste, wie er meinte, noch einmal in die Spur. So drückte er sich aus, wenn er unerwartet in den Betrieb gerufen wurde. Das hatte sich nach dem Mauerfall nicht verändert. Doch in den letzten Jahren waren es nicht wie in der DDR verspätete Materiallieferungen, die das erforderlich machten, sondern immer neue Umstrukturierungen. Ich wusste damals nicht, was genau ich mir darunter vorzustellen hatte, und auch nicht, ob das der eigentliche Grund für den Anruf gewesen war. Ich stand am Fenster und wartete darauf, dass mein Vater zurückkommen würde. Ab und zu berührte ich den Stoff der neuen Gardinen, nahm den Saum zwischen die Fingerspitzen und bewunderte die geraden Nähte meiner Mutter. Dann sah ich wieder hinaus, und wenn ich am Ende der Straße jemanden entdeckte, hoffte ich, dass aus den Umrissen der Person allmählich mein Vater werden würde.

Irgendwann machte sich meine Mutter auf den Weg zu den Leuten, die bereits auf unser Kommen warteten, um ihnen zu erklären, warum der Weihnachtsmann in diesem Jahr leider kurzfristig verhindert war. Es muss eine mehr als plausible Erklärung gewesen sein, denn niemand war uns hinterher gram. In unserer Wohnung war es nun ganz still. Ich war schon oft allein zu Hause gewesen, aber noch nie am Heiligabend. Es kam mir seltsam und aufregend zugleich vor.

Unter dem Weihnachtsbaum lagen schon die Geschenke. Das machten wir immer so, schließlich konnten wir nicht vor uns selbst auftreten. Ich war kein Kind mehr und aus dem Wichtelkostüm eigentlich schon herausgewachsen. Gerade hatte ich mich zum ersten Mal verliebt. Vor Christof war es mir fast ein bisschen peinlich, dass ich noch immer mit meinem Vater als Weihnachtsmann und Wichtel durchs Viertel zog. Aber genauso wie ich seit Kurzem bei jedem herannahenden Knattern eines Mopeds hoffte, es wäre seines, lauschte ich jetzt angestrengt nach draußen, ob aus der Ferne das Geräusch unseres Wartburgs zu hören wäre. Sicher würde es eine Erklärung geben. Anders als Christof, der der unzuverlässigste Mensch war, den ich kannte, war mein Vater der zuverlässigste.

Aber es gab keine Erklärung. Zumindest nicht an jenem Abend. Zumindest nicht von meinem Vater. Als er nach Hause kam, hatte ich meinen Platz am Fenster verlassen und lag schon im Bett. Leise fiel die Wohnungstür ins Schloss. An meinem Kinderzimmer vorbei ging er ins Wohnzimmer. Dann hörte ich, wie meine Mutter und mein Vater gedämpft miteinander sprachen und schließlich an meine Tür klopften. Obwohl es schon spät war, hatten sie den Tisch noch einmal festlich gedeckt, neben meinem Teller stand zum ersten Mal ein kleines Weinglas, die Lichter des Weihnachtsbaums leuchteten und wir packten gemeinsam unsere Geschenke aus.

Beim Essen erzählte meine Mutter, wie es ihr bei den Leuten, die sie am Nachmittag statt unser besucht hatte, ergangen war. Für jeden hatte sie ein kleines Säckchen mit Plätzchen dabeigehabt.

Oft mussten wir über ihre Schilderungen lachen, so wie sie es immer getan hatte, wenn mein Vater und ich unsere Auftritte ausschmückten. Als sie meinen Blick bemerkte, der auf die beiden Kostüme gefallen war, die wir über einer Stuhllehne schon bereitgelegt hatten, sagte sie: „Alles hat seine Zeit." Weder mein Vater noch ich hätten wohl damals, als er mich vor der Fleischerei Mischke in sein Geheimnis einweihte, für möglich gehalten, dass das gemeinsame Herumziehen jemals zu Ende sein könnte. Er vielleicht noch weniger als ich. Und weil mein Vater unsere Zusammenarbeit offenbar doch nicht ganz ohne Erklärung beenden wollte, beugte er sich etwas über den Tisch und flüsterte mir zu: „Nun kennst du auch das letzte Geheimnis des Weihnachtsmanns, Maleschka: wissen, wann man abtreten muss." Später legte er sein Kostüm in den Schrank. Und dort war es bis vor einigen Tagen auch geblieben.

Ich wusste bis heute nicht, was sich an jenem Weihnachtstag ereignet hatte. Aber mein Vater war als ein anderer zurückgekommen, als der er aufgebrochen war. Die Gießerei, in der er arbeitete, wurde bald darauf verkauft und die meisten seiner Kollegen entlassen. Mein Vater war einer der Wenigen, der seine Arbeit behielt. Was in der Bücherei meiner Mutter und den Betrieben vieler Eltern meiner Freunde längst Realität war, hatte nun auch ihn erreicht. Die Welt teilte sich unaufhaltsam in die, die Arbeit hatten, und die, die sie verloren. Ihre Wege kreuzten sich fortan nicht mehr. Auch wenn es übertrieben war zu sagen, dass die einen nun die Welt bereisten und die anderen aufs Arbeitsamt gingen, ein bisschen war es so. Die Gemeinschaft jedenfalls, die mein Vater so sehr schätzte und als Weihnachtsmann auf den Brigadefeiern zu inszenieren wusste, brach Stück für Stück und mitunter fast unmerklich auseinander. Reden konnte er darüber nicht. Es gab dafür keinen passenden Spruch in seinem Repertoire. Auch wenn er sich vielleicht vorgenommen hatte, seiner Tochter alles zu erklären. Nein, mein Vater war nicht der Mann, der sich so etwas vornehmen musste. Vielmehr ereigneten sich damals Dinge, die schwer zu erklären waren. Manchmal verstanden die Erwachsenen wohl selbst nicht, was mit ihnen geschah. Wie hätte man das einer Tochter erklären sollen, die gerade dabei war, erwachsen zu werden? Nie hatte sich mein Vater verkrochen. Auch nicht, als die anderen anfingen sich zu verkriechen, weil sie das Gefühl hatten, in der neuen Gesellschaft nicht mehr zurechtzukommen. Er war einer, der die Dinge im Griff hatte und immer noch wusste, was richtig und falsch war. Aber als Weihnachtsmann konnte er nicht mehr auftreten.

Es war niemand ans Telefon gegangen. Ich hatte es lange klingeln lassen, aber weder mein Vater noch meine Mutter schienen zu Hause zu sein. Schließlich sprach ich auf den Anrufbeantworter.

Ob mein Vater kommen würde? Ich wusste es nicht. Noch hatte er mich nicht zurückgerufen.

Als ich in unsere kleine Straße einbog, schlenderten die Jungs aus der WG vom Haus gegenüber an mir vorbei. Der Abend schien für sie gerade erst begonnen zu haben. Wie die Leute, die mir auf der Kastanienallee begegnet waren, unterhielten sie sich laut und ausgelassen. Nach einer Weile entfernten sich ihre Stimmen. Vor mir lief ein älterer Mann, der Flaschen aus den Mülleimern fischte. Wenn er sie in seinen Rucksack steckte, klapperte es leise. Sonst war es ruhig. Oben auf dem Balkon schaukelte der Stern ganz leicht hin und her. Und etwas darunter hangelte der Weihnachtsmann immer noch an der Hauswand entlang. Der Mann mit den Flaschen verschwand in Richtung der Danziger Straße, und ich betrat den Hausflur und lief die Treppe zu unserer Wohnung hinauf. Daniel hatte das Licht im Wohnzimmer für mich angelassen. Es roch nach den Orangen, die die Kinder in Scheiben geschnitten hatten und auf der Heizung trockneten, um den Weihnachtsbaum damit zu schmücken.

5

Niemand ahnte etwas. Nicht einmal Daniel. Aber später würde ich ihn wohl zu meinem Komplizen machen müssen. Noch war etwas Zeit, der 24. Dezember hatte gerade erst begonnen. Ich stand in der Küche und schnitt das Rotkraut in schmale Streifen. Wie meine Mutter bereitete ich es immer am Vormittag zu, damit die Gewürze bis zum Abend gut durchgezogen waren. Irgendwann hatte sie mir einmal gesagt, dass es besser wäre, Rotkraut zu schneiden als zu raspeln. Warum, wusste ich nicht mehr, aber seither benutzte ich das feine Messer mit dem geschwungenen Holzgriff, das sie mir geschenkt hatte, um dieses harte Gemüse zu durchtrennen. Jedes Jahr freute ich mich darauf, den Weihnachtstag damit zu beginnen, obwohl mir das selbst ein bisschen merkwürdig vorkam, denn so gut wie jeder fand Rotkrautschneiden schrecklich. Aber ich mochte es, wenn die eng aneinanderliegenden Blätter zur Seite kippten, lila und weiß marmoriert, und dabei ein frisches Knacken zu hören war. Neben dem Schneidebrett hatte ich Lorbeer, Nelken und Wacholderbeeren bereitgestellt. Ich hatte die Döschen mit den Gewürzen sogar schon geöffnet, damit sich ihr zartes Aroma in der Luft verbreitete.

Die Küche lag auf der anderen Seite der Wohnung, der stilleren, die in einen Innenhof wies. Zwei Bäume standen dort nebeneinander, deren obere Äste und Zweige ich durch das Fenster sehen konnte. Selten kam genug Licht von draußen herein, oft war es hier ein wenig dämmrig. Im Sommer hielten die Blätter der Bäume die Helligkeit zurück. Und im Winter, wenn die Zweige kahl waren, hing der Himmel oft so tief über den Dächern der umstehenden Häuser, dass ich, wie jetzt, schon am Morgen die kleine Lampe unter dem Regal mit den Gewürzen anschalten musste. Es war ein warmes, freundliches Licht, das den schmalen Raum der Küche erhellte und durch die offene Tür hinaus in den Flur fiel, bis zu der Stelle, wo Daniel und ich uns morgens verabschiedeten, wo ich vor ein paar Tagen im Kostüm meines Vaters gestanden hatte und längst verblasste Erinnerungen wie von selbst zurückgekehrt waren.

Anders als an einem gewöhnlichen Wochentag, würde heute in der Wohnung keine Stille eintreten. Natürlich nicht. Heute blieben alle zu Hause und freuten sich, dass endlich Weihnachten war. Es würde sein wie in jedem Jahr und doch ein bisschen anders. Aber noch war etwas Zeit. Aus dem Badezimmer hörte ich die Stimmen von Anna, Paul und Robert. Sie hatten eine Spinne entdeckt und diskutierten darüber, ob es dieselbe sein könnte, die sie gestern an einer anderen Stelle gesehen hatten. In der Wohnung gab es vier

Spinnen. Sie wurden behütet wie Haustiere und hatten Namen, die ich mir nicht merken konnte. Nun war offenbar eine fünfte hinzugekommen. Daniel hantierte im Wohnzimmer mit dem Weihnachtsbaum, drehte ihn mal in die eine und dann wieder in die andere Richtung. Es war eine etwas krumm gewachsene Tanne, die er versuchte in Form zu bringen. Ohne Eile. Heute hatten alle Zeit. Es schien ihm Spaß zu machen, ab und zu einen Schritt zurückzutreten und den eigenartigen Wuchs zu betrachten. Er war kein Perfektionist, meistens nahm er die Dinge, wie sie kamen, und machte das Beste daraus. Vielleicht hörte auch er nebenbei den Kindern zu und wartete darauf, dass ihre kleine Diskussion im Bad zu Ende ging und sie gemeinsam mit dem Schmücken des Baums beginnen konnten.

Als ich das Rotkraut in den großen Topf zum Anschmoren gab, zischte es kurz auf. Die Streifen hatten das heiße Öl am Boden berührt und mussten nun schnell gewendet werden. Danach streute ich Salz und Zucker darüber, mischte alles mit den Gewürzen und etwas Weißweinessig und deckte den Topf zu. Später, wenn es weich geworden wäre und dunkel glänzte, würde ich noch einen oder zwei Löffel Quittengelee hinzugeben. Ein süßer Duft würde dann bereits von der Küche durch die ganze Wohnung gezogen sein, und an den Zweigen des Weihnachtsbaums würden die ersten Kugeln hängen. Auch davon hatte ich in dem

Brief, den ich vor zwei Tagen an meine Eltern geschrieben hatte, erzählt. Wie sich am Weihnachtstag der Duft von Rotkraut verbreitete. Früher in unserer Wohnung in Leipzig und heute hier bei mir in Berlin. Wie mein Vater und ich währenddessen den Baum schmückten, so wie es Daniel nun jedes Jahr mit Anna, Paul und Robert tat. Es war ein langer Brief geworden. Der erste seit vielen Jahren. Denn eigentlich schrieb ich meinen Eltern keine Briefe mehr.

Ich hatte irgendwann damit aufgehört. Vielleicht, als ich Daniel kennenlernte und aufhörte, durch die Welt zu ziehen. Vielleicht aber auch schon vorher, als die Menschen und Orte meiner Kindheit weiter in die Ferne rückten. Und mit ihnen wohl auch meine Eltern. Als Gegenwart und Vergangenheit auseinanderbrachen und ich nach Worten suchte, um wieder eine Verbindung zwischen ihnen herzustellen, sie aber nicht fand. Als ich fürchtete, in meinen Briefen missverstanden zu werden, weil es keine Sprache gab, um mein neues in mein altes Leben und mein altes in mein neues Leben zu übersetzen. Als das Schreiben der Briefe in mir ein Gefühl der Abwesenheit ausgelöst hatte. Meiner eigenen Abwesenheit an den Orten, an denen ich aufgewachsen war, aber auch der Abwesenheit dieser Orte selbst. Denn nicht nur ich hatte mich von ihnen entfernt. Sie selbst waren in den Jahren nach der Wende zu anderen geworden. Genau wie die Menschen. Doch nun war ich in Gedanken zu den Häusern, Straßen und Plätzen, den Wohnungen und Menschen, die in ihnen lebten, zurückgekehrt. Hatte die alten Wege abgeschritten. War dem Verschwundenen und Gewandelten, den Brüchen und Leerstellen nachgegangen und dabei auf etwas gestoßen, was mir bisher verborgen geblieben war. Das Erinnern selbst schuf einen Raum, in dem sich Vergangenheit und Gegenwart begegnen konnten und eine Verbindung zwischen ihnen entstand. In dem die Geschichten der Orte und Menschen meiner Kindheit lebendig blieben und einen Platz im Hier und Jetzt einnahmen. Seit jenem Morgen, an dem ich das alte Kostüm meines Vaters getragen hatte, war das Abwesende wieder anwesend geworden.

Deshalb hatte ich vor zwei Tagen den Deckel des kleinen Päckchens für meine Eltern nicht einfach schließen und es abschicken können. Wie immer hatte ich die selbstgebastelten Geschenke der Kinder, die mit Nougat überzogenen Pralinen, das Säckchen mit den Walnüssen viel zu spät zusammengepackt und noch rasch eine Karte geschrieben und oben aufgelegt. Aber als ich erst die eine Seite des Pappkartons zuklappte und dann die andere, hatte ich innehalten müssen. So wie ich innehalten musste, als ich den Karton mit dem Weihnachtsmannkostüm aufklappte. Ich hatte in der Küche gestanden. Die kleine Lampe unter dem Regal mit den Gewürzen brannte, und mir war eingefallen, wie mich die Sorge meines Vaters belustigt hatte, es könnte verloren gegangen sein, und ich nicht ahnte, dass er damit vielleicht mehr als nur sein Kostüm meinte. Wie nebenbei hatte ich es auspacken wollen und dann meine Hand auf den rauen Stoff legen müssen, als es zum Vorschein kam. Nichts war verloren gegangen. Das wusste ich nun. Und auch sie sollten wissen, dass das, was mein Vater nach Jahren hervorgeholt und meine Mutter eingepackt hatte, auf dem Weg zu mir nicht verloren gegangen war. Obwohl ich mit der Übersetzung des Buches der amerikanischen Autorin noch nicht ganz fertig war und der Verlag drängte, hatte ich die eilig geschriebene Karte wieder aus dem Päckchen herausgenommen und mir einen Bogen Papier geholt.

Anfangs hatte ich nur von meinem Auftritt im Kindergarten schreiben wollen, von der Verkleidung vor dem Spiegel, meinem Gang durch die Berliner Straßen. Aber dann erzählte ich auch von den Dingen, die ich in meinen Briefen aus New York und Frankfurt und all den anderen Städten immer weggelassen hatte. Wie es war, fortzugehen und die Erinnerungen an unser altes Leben mitzunehmen, den Blick aus dem Fenster, das Geräusch der Nähmaschine, den Duft nach Rotkraut, die Wege, auf denen mein Vater und ich um die Hochhäuser gezogen waren. Zwischendurch schaute ich vom Papier auf und stellte mir vor, wie meine Mutter den Brief auseinanderfalten und mit ihren Händen glatt streichen würde. So war es ihre Art. Wie sie beim Vorlesen die Augenbrauen etwas nach oben zog und mein Vater ihr gegenübersaß, immer noch mit dichtem Haar, aber nun ganz und gar weiß geworden.

Bei ihnen im siebten Stock war es am Tag immer hell. Von seinem Platz am Küchentisch konnte er über das ganze Viertel sehen. Vielleicht würden sie sich wundern, wie mir jener Tag, an dem die gemeinsame Zeit als Weihnachtsmann und Wichtel zu Ende ging, in Erinnerung geblieben war. Vielleicht hatten sie ihn ganz anders erlebt. Genau wie den Tag, an dem mein Vater sich vor der Fleischerei Mischke selbst enttarnte. Aber bestimmt würden sie über die lange Schlange und wie alles seinen Anfang genommen hatte, lachen müssen. So wie auch ich jetzt noch einmal darüber lachen musste. Hier allein in der Küche, während ich die Gans behutsam mit Salz einzureiben begann.

„Höher!“, riefen die Kinder im Wohnzimmer wie aus einem Mund. Ich drehte mich etwas zur Seite, um über den Flur in den Durchgang zum Wohnzimmer sehen zu können. An seinem Ende stand die etwas krumme Tanne, und Daniel versuchte gerade, die letzte Kugel an einen der oberen Zweige zu hängen. Eine Spitze hatten wir nicht. Deshalb musste immer die größte und auffälligste Kugel den Abschluss bilden. Paul war noch im Schlafanzug und stand mit nackten Füßen dicht vor dem fast fertig geschmückten Baum.

Aufmerksam schaute er nach oben, während Robert die kleine und etwas wacklige Leiter festhielt, auf die Daniel gestiegen war. Anna ging mit langsamen Schritten um den Baum herum. Sie trug ein Kleid, das ihr bis über die Knie reichte, und sah manchmal verstohlen an sich herunter, weil es beim Gehen so schön hin- und herschwang. In ihrer Hand hielt sie ein paar der getrockneten Orangenscheiben, die, sobald die Kerzen befestigt waren, ganz zuletzt zwischen die Tannennadeln gesteckt wurden. Sie sahen aus wie kleine rote Sterne. Ich wusste nicht mehr, wer von uns diese Idee gehabt hatte, aber sie basierte sicherlich nicht auf der Annahme, dass unserem Baum die Farbe fehlte. Im Gegenteil. Seit wir in die Wohnung eingezogen waren und erst Robert und dann Anna und dann Paul geboren wurden, waren jedes Jahr zu Weihnachten Kugeln in einer anderen Farbe hinzugekommen. Erst in den Lieblingsfarben der Kinder. Blau, grün und gelb. Dann in violett, weil Daniel das mochte, und schließlich ein paar silberne, die ich mir gewünscht hatte. Jedes Jahr sah unser Weihnachtsbaum anders aus. Anders bunt, musste man wohl richtiger sagen. Jedes Jahr erinnerte mich das schillernde Durcheinander an das turbulente Leben, das in unserer Wohnung herrschte. Und auch in diesem Jahr würde kein anderer Baum so gut zu uns passen wie die etwas krumme Tanne, an deren oberem Zweig nun eine große rote Kugel hing, die ich noch nie zuvor gesehen hatte.

*

Langsam rieb ich meine Hände mit Zitronensaft ein. Auch diesen Rat hatte mir einmal meine Mutter gegeben. Man musste ihn etwas einwirken lassen und die Hände anschließend für eine Weile in lauwarmes Wasser tauchen. Erst dann ließ sich die lila Farbe des Rotkrauts restlos abwaschen. Jedes Jahr, wenn ich mit der Vorbereitung des Weihnachtsessens fertig war, veranstaltete ich diese Prozedur. Aber heute war sie besonders wichtig. Denn was nützte es, wenn ich den schmalen goldenen Ring vom Finger nehmen würde, aber die Spuren des Rotkrauts noch zu sehen waren? Hände konnten etwas sehr Verräterisches sein. Deshalb wartete ich geduldig, bis der Zitronensaft seine Wirkung tat, obwohl nun nicht mehr viel Zeit war.

Draußen wurde es, obgleich erst früher Nachmittag, langsam dunkel. Ich musste die Zeit vergessen haben. Aber auch in den Wohnungen jenseits des Innenhofs brannte schon Licht. Manchmal bewegten sich die Äste und Zweige vor dem Fenster leicht hin und her. In der Küche war es warm, die Gans brutzelte im Ofen vor sich hin und ihr Duft vermischte sich allmählich mit dem des Rotkrauts. Um mich herum war Ruhe eingekehrt.

Daniel hatte die Kinder zu einem kleinen Spaziergang überredet. Er hatte ihnen sogar einen Punsch versprochen, den es in einem Laden ein Stück weit die Danziger Straße hinauf zu kaufen gab. Mit dem üblichen Hin und Her, der Suche nach Mützen und Schals, waren sie aufgebrochen. Zuvor aber hatte Paul mir noch erzählt, dass der Weihnachtsmann von der gegenüberliegenden Hauswand verschwunden war. Er schien davon nicht besonders überrascht. Vielmehr schaute er mich, so kam es mir jedenfalls vor, ein wenig triumphierend an, als hätte er nichts anderes erwartet. Denn selbstverständlich kletterte ein Weihnachtsmann am Heiligabend nicht an einer Hauswand herum, sondern brachte den Menschen Geschenke. Dann war er aus der Wohnung hinaus- und die Treppe hinuntergerannt, um Anna und Robert einzuholen. Daniel hatte sich an der Tür noch einmal zu mir umgedreht. Mit zwei langen Schritten war er auf mich zugekommen und hatte mich geküsst. Leicht und fest zugleich, wie er es immer tat, wenn er wusste, dass ich aufgeregt war. Dann hatte er toi, toi, toi gesagt, und mir war die Brigadierin eingefallen, die mir einst mit den gleichen Worten Glück gewünscht hatte. Damals vor dem Sportlerheim bei meinem ersten Auftritt als Wichtel. Nun aber stand mir eine ganz andere Herausforderung bevor.

Es war nicht einfach gewesen, den Besitzer der Weihnachtsmannpuppe ausfindig zu machen. Anders als früher in Leipzig, kannte ich nur die wenigsten Leute in unserer Straße. Und selbst bei ihnen wusste ich nicht, in welcher Wohnung sie zu Hause waren. Mir war es immer recht gewesen, dass man in einer Stadt wie Berlin ein wenig anonym zwischen den Häusern und Menschen umhergehen konnte. Doch als ich die Stockwerke und Fenster abzählte, um herauszufinden, wo jene Nachbarn wohnen könnten, kam es mir zum ersten Mal seltsam vor, dass ich in dem Haus, auf das ich schon so viele Jahre von meinem Schreibtisch aus blickte, niemanden kannte außer die Jungs-WG. Und nicht einmal die. Aber es wäre mir leichter gefallen, sie anzusprechen, um zu fragen, ob sie dem kletternden Weihnachtsmann am Abend des 24. Dezember eine kurze Pause gönnen würden. Stattdessen hatte ich irgendwann vor einer fremden Tür gestanden. Denn, wie mein Vater immer sagte: Vorbereitung ist alles.

Er hatte mich angerufen. Nicht zur üblichen Zeit, morgens kurz nach sieben, sondern nachmittags, als ich das Päckchen mit dem Brief für ihn und meine Mutter gerade zur Post gebracht hatte. Ich war mit der Frau hinter dem Schalter etwas aneinandergeraten, weil ich ihr klarzumachen versuchte, dass es sehr wichtig war, dass mein Päckchen bis Weihnachten zugestellt wurde. Und sie mir klarmachen wollte, dass ich, hier hatte sie eine Pause eingelegt und tief Luft geholt, nicht die Einzige war, die zu Weihnachten etwas verschickte. Dann hatte ich einen Zuschlag bezahlt und zugesehen, wie mein Päckchen in dem großen Stapel mit all den anderen Paketen verschwand. Als ich zurückkam und gerade die Wohnungstür aufschloss, klingelte bereits das Telefon. Sicher jemand vom Verlag, dachte ich und war durch den Flur ins Wohnzimmer gerannt. Denn natürlich war das Telefon wieder einmal nicht dort, wo es hingehörte. Als ich es endlich unter einem Kissen gefunden hatte, war mein Vater dran.

„Ich komme nicht", sagte er, ohne sich lange bei der Begrüßung aufzuhalten.

„Aber Profis reagieren doch spontan", versuchte ich ihn umzustimmen, obwohl ich wusste, dass das sinnlos war.

„Genau deshalb!", sagte er.

„Wie meinst du das, Vati?"

„Na, das liegt doch auf der Hand!"

„Was?"

„Aber, Maleschka", sagte er, offenbar wirklich überrascht, dass ich nicht selbst darauf kam, „du bist doch jetzt der Weihnachtsmann!"

Für einen Moment wurde es still in der Leitung. Aber es war nicht die Art meines Vaters, lange Pausen beim Telefonieren entstehen zu lassen, deshalb hatte er mich gefragt, ob sich mein Päckchen wie jedes Jahr verspäten würde, und wir hatten beide darüber lachen müssen. Denn so war es. Während mich seine immer rechtzeitig erreichten, kamen meine immer etwas später an. Dann hatte ich von der Frau hinter dem Postschalter und dem großen Stapel erzählt, in dem es verschwunden war. Aber mein Vater hatte gemeint, es würde sicher nichts verloren gehen, und sich mit den Worten verabschiedet: „Und denk daran, ein Weihnachtsmann ... na, du weißt schon.“

Das war vor zwei Tagen gewesen, und später, als ich an der fremden Tür im Haus gegenüber geklingelt hatte, öffnete mir eine freundliche junge Frau mit Baby auf dem Arm. Sie bat mich gleich herein und sagte, kein Problem, nachdem ich mein Anliegen etwas umständlich vorgetragen hatte. Weil ich nicht unhöflich sein und mich gleich wieder verabschieden wollte, hatte ich sie nach dem Alter ihres Kindes gefragt und sie wohl erst deshalb auf den Gedanken gebracht, dass sie bald auch einen richtigen Weihnachtsmann brauchen würde. Jedenfalls erkundigte sie sich nach kurzem Zögern, ob ich im nächsten Jahr, wenn der Kleine etwas größer wäre, bei ihnen am Heiligabend vorbeischauen könnte. Damit hatte ich zwar nicht gerechnet, ging aber gern darauf ein. Denn auch im Kindergarten war ich, so musste ich es jetzt wohl nennen, schon für das nächste Jahr gebucht worden. Und das Altersheim mit dem großen Fernseher im Gemeinschaftsraum hatte gleichfalls Interesse angemeldet. Ganz offensichtlich fehlte in unserem Viertel ein Weihnachtsmann, doch noch war das alles, wie mein Vater sagen würde, Zukunftsmusik.

Ich nahm meine Hände aus der Schüssel mit dem warmen Wasser und spülte sie noch einmal gründlich ab. Dann zog ich die Pfanne mit der Gans aus dem Ofen, freute mich über ihre goldbraune Farbe und die knusprige Haut, die sie umgab. Ich hatte sie mit Äpfeln gefüllt und mehrmals mit Honig bestrichen. Nun schien sie fast fertig zu sein. Danach schob ich die Pfanne zurück in den Ofen, stellte aber die Temperatur weit herunter, damit das Fleisch weich und saftig werden konnte. Im Wohnzimmer war der große runde Tisch schon gedeckt. Ein blassrosa Tischtuch lag heute darauf und neben jedem Teller eine Serviette. In der Mitte stand ein Leuchter aus matt schimmerndem Messing. Er besaß vier ovale Fassungen, in denen lange Kerzen steckten. Obwohl der Weihnachtsabend gerade erst begann und ich mich auf all die Dinge freute, die vor mir lagen, würde ich auch den Augenblick genießen, in dem alles vorbei war und er sich seinem Ende neigte. Ich würde mit Daniel am halb abgeräumten Tisch sitzen. Wir würden ein Glas Rotwein trinken. Auf dem Boden läge hier und da etwas Geschenkpapier verstreut. Die Lichter auf der etwas krummen und sehr bunten Tanne würden leuchten und im Hintergrund wäre das Weihnachtsoratorium des Thomanerchores zu hören. Ich würde Daniel von der Brigadierin erzählen, der Fleischerei Mischke und den vielen Erinnerungen, die mich in den vergangenen Tagen begleitet hatten. Manches würde ihm bekannt vorkommen, anderes neu erscheinen. Vielleicht würde es ein bisschen so sein wie damals, als wir uns kennenlernten. Vielleicht aber auch ein bisschen anders. Schließlich würde ich ihn fragen, warum er zu der Kreuzung, auf der wir uns das erste Mal geküsst hatten, immer Bermudadreieck sagte, und dann würde Daniel erzählen. Ich würde ihm zuhören und wieder einmal feststellen, wie sehr ich seine Stimme mochte. Zwischendurch käme hin und wieder ein leises Rascheln aus den Zimmern von Paul und Anna, die ihre Geschenke vor dem Einschlafen noch einmal anschauten. Robert würde sicher die ganze Nacht eines der Bücher lesen, die er geschenkt bekommen hatte. Aber noch waren alle Geschenke verpackt. Sie steckten in einem großen Sack, den ich unter meinem Schreibtisch versteckt hatte. Jetzt zog ich ihn hervor, schlüpfte in den roten Mantel und band mir den Bart um.

Jana Hensel, geboren 1976 in Leipzig, wurde 2002 mit ihrem Porträt einer jungen ostdeutschen Generation „Zonenkinder“ schlagartig bekannt. Sie ist Autorin und Journalistin. 2010 gewann sie den Theodor-Wolff-Preis, 2017 erschien ihr Roman „Keinland“ und sorgte für große Resonanz. Hensel arbeitet als Autorin für Zeit Online und Die Zeit im Osten.